U0010265

土門拳

嚴可婷 譯

死ぬことと

生與死

生きること

土門拳，於文樂展會場（八木下弘拍攝　銀座和光　昭和四十八年七月四日）

高見順（選自《風貌》）P134

齋藤茂吉（選自《風貌》）

梅原龍三郎（選自《風貌》）P142

志賀潔（選自《風貌》）

沒有母親的姊妹（選自《筑豐的孩子們》）

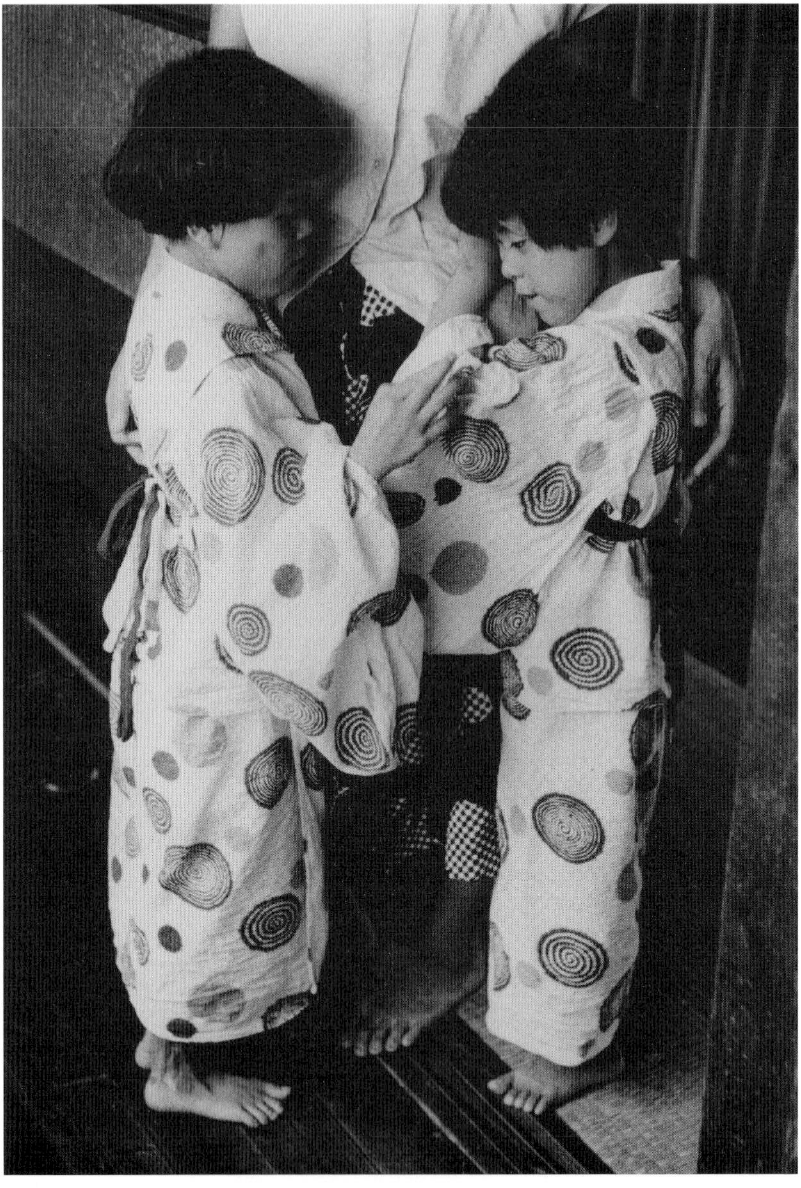

眼底深邃幽暗的世界　攝於廣島「明成園」盲童育幼院　盲眼雙胞胎（選自《廣島》）P089

跑腿小學徒（選自《江東的孩子們》）P186

本書一九七四年由築地書館首次發行，二〇一二年列入みすず書房「大人的書架」書系，附解說後再版。此版本為新裝版。

書中照片除了〈於文樂展會場〉，全部由土門拳拍攝。謹向提供授權的公益財團法人土門拳紀念館致謝。

「絕對的」喘息產生了「相對的」美

文◎吳明益　國立東華大學華文系教授

（攝影是）解決人類社會不幸，為人類呼喊的嶄新手段。　土門拳〈人類的眼睛，相機的鏡頭〉

認識土門拳是我在閱讀攝影史料時的一個插曲。在沒有關注攝影史之前，我就被細江英公的《薔薇刑》（一九六三）深深吸引，那照片裡的三島正值英年，而細江英公則是二十八歲的新銳攝影師，這兩人的相會，讓這組照片瀰漫超越那個時代的激情。當時是舞蹈家土方巽編導了《禁色》的舞作，細江因此對土方提出拍攝舞者的要求，完成了名為《男與女》的作品。三島看見這組以強烈的黑白風格呈現舞者肉體的作品，大為驚豔，面見細江後，兩人便開始了為期兩年的攝影合作計畫。他們有時邀請女演員參與，有時進入教會、廢墟拍攝，三島在細江面前完全解放，成就了一本他稱是：「異形而扭曲、嘲諷而怪誕、野蠻而汎性，彷彿有抒情的清冽底流水潺潺流淌於眼不可見的暗渠之中的世界」的作品。

這本攝影集用了一些暗房技巧去表現非現實的氣息，因此我自己在開設設計課程時，就常用其中的幾幅作品對同學解說或者讓同學用繪圖軟體學習「疊影」。也因此我發現當時協助細江處理暗房工作的竟然是另一位街頭攝影家森山大道，而細江走上攝影之路的啟發者之一，竟是土門拳。

從《薔薇刑》裡我們很難看出一生服膺寫實主義的土門拳是如何啟發細江英公的，但事實上十九歲的細江英公曾在《写真サロン》發表過「銀座の乞食の子供」這類近似土門風格的作品。當時日本攝影界受到土門對寫實主義攝影的推廣，許多人拍攝乞丐，一度被嘲諷是「乞丐攝影」風。不過細江英公最終走上展露自我慾望風格的前衛攝影道路。

土門拳也曾在一九五五年拍攝過三島。在他的鏡頭下，三島坐在書桌前抽著菸，背對鏡頭的貓看著三島，三島則若有所思地看著桌面的一角。這樣的三島，和一九六一年袒露身體，站在繪有黃道圖大理石地板上，以橡膠水管纏繞身體，口銜水管，拿著木槌瞪視著從梯凳上俯瞰著細江鏡頭的三島，是完全不同的形象。我有時會想，這是三島本身的雙重性，還是兩位攝影家的性格，誘發出三島相異的樣貌？

和十幾歲就開始拍照的細江不同，出身貧寒的土門拳，直到二十四歲成為攝影師宮內幸太郎門徒，才有機會拿起相機。他一開始受到國家主義影響，參與了日本帝國的宣傳報導。但有獨立思考精神，並且勤讀國外攝影、繪畫作品與論述的土門，醒覺了攝影這一個新潮工具的內在意義，他批判了宣傳攝影，並且走上了寫實攝影之路，他深信攝影是一種改變社會的藝術。在這本隨筆中，土門拳說自己是從昭和二十五年（一九五〇）擔任ＡＲＳ出版的《CAMERA》雜誌每月評選人起，逐漸確立了自己的信念，他開始「相信攝影的正途是寫實主義」，而「寫實主義的表現形式應隨著時代變遷，但是根本的精神難以動搖。」

土門拳以一系列拍攝童工以及原爆受難者的作品成名，但在一九五九年中風，身體狀況逐漸不容許他到街頭抓拍（snapshot），他因此會住到拍攝的佛寺附近，進行另一種長期的觀察拍攝。

這本隨筆多數文章寫於他在街頭最為活躍的一九五〇年代，也就是說，我們不妨將其看成是土門拳前期的創作宣言，那便是拍攝「熱愛真實、表現真實、訴說真實的照片。」

但後期土門開始使用彩色膠卷，拍攝較為靜態的佛寺，只是因為身體因素不得不然嗎？我以為並非如此而已。一則是他早在四〇年代就曾進行過類似的拍攝計畫，另一則是在這本隨筆中，我讀到土門拳寫到身為攝影師，沒有辦法拍攝一個陌生人睡夢中的表情，只能拍攝到最親密對象的睡夢表情（當然在現代攝影裡，這已不再是個難以達成的事）。我以為這彷彿一個象徵，說出了土門拳並不認為寫實是認識世界的「唯一」正途。或者說，他理解寫實的侷限，因為無論如何，真實（真相）永遠大於你所看見的、感受的。

在〈裝飾棺木的照片〉裡，土門寫到他初認識詩人草野天平的時候，有一回在銀座等待紅綠燈，草野對他說：「月亮出來了」，但土門拳卻遍尋不到月亮的蹤跡。土門拳說在那個喧鬧的街道，月亮當然一定是存在的，如果我們接受了這樣的暗示，那麼「月亮似乎正懸掛在撒了耀眼銀粉般的晴空下，就在某處」，栩栩如真地出現在我們面前。這段彷彿禪語的描述，讓我想到了，或許前期拍攝日本社會眾生相的土門拳，和後期拍攝奈良、京都寺廟的土門拳，兩者合構，才是他一生所觀察到的日本文化。他一生的藝術觀是一致的，那就是「追求關於日本民族的憤怒、哀傷與喜悅，甚至是攸關整個民族命運」的共通處。

對我來說，土門拳的佛像攝影，特別讓我聯想起他的人像攝影。雖然佛像並不像人一樣神情會一直變化，但攝影畢竟是一種凝止的藝術，被拍攝的人的臉孔，只能停留在某一瞬。因此，宣稱自己視力比一般人更能看到細節的土門拳，在那一瞬的靜態裡，把眾生各自面對人生「莊嚴真實」的面目呈現出來，也許是一種人的「佛像化」。

土門拳還提到自己並不擅長拍攝女性，他說被他拍攝過的女性看到照片沒有一個滿意的。但土門拳並不服氣，他認為自己拍出了對方的美，只是相機是誠實的，「就算對方額頭上只有五條小細紋，也會如實呈現在照片中，既不會減為四條，也不會增為六條。」女性對土門作品的不滿，是因為他拍攝女性時不朝「非現實」的美化走，他要做的是發掘出現實之美。我非常喜歡他在昭和二十七年（一九五二）為李香蘭（山口淑子）拍攝的照片，在那個戰後萬物萬事破敗的時代，穿著長旗袍的李香蘭就像一個異質的存在，站在鏡頭前面，站在歷史的前面，站在此刻的我們前面。我想那一刻，土門拳是必然感到自己有機會拍出她「內在精神顯露於外，面貌反映出深邃豐富的美」，而按下快門的吧？

這本隨筆最吸引我的一點，還有土門拳並不是那種自以為是的寫實主義者或極端左派，在他使用相機時，核心價值是「善意」而非「正義」。因此，他在隨筆中，並不吝於表達自己的徬徨猶疑。當面對部分題材時，選擇不拍意味著失敗，但「即使會傷害對方的感情，還是要拍嗎？……在此我不禁感受到攝影師職責與人性之間的衝突。如果說『人性』太過沉重，或許也可以改為『人情』。那麼，所謂的攝影師精神是否脫離不了冷酷無情？我始終感到迷惘。究竟有沒有方法將這兩者毫無矛盾地合而為一？我至今依然沒有答案。」（〈明成園〉）

在一篇未發表的〈生與死〉中，土門拳寫到自己的兒子和友伴出門遊玩，最終溺水而死的回憶。當他看見早上出門時還安好的孩子，回來後躺在白布下，臉龐有線香的煙纏繞著，他發現「生與死都是絕對的，因為那是事實，脫離命運這種形而上的思考。」

死亡是絕對的，攝影藝術對當時的土門拳來說一度也是絕對的。沒有以假亂真、沒有擬像、沒有「不在現場」。不過，土門拳理解，在「絕對的」生命面前，藝術只是「相對的」暫時觀察而已，而在不安的狀態下堅持創作的創作者，比那些自以為自己的作品是唯一正義的創作者，更符合寫實主義的精神。我以為，在土門拳的藝術裡，「**絕對**」不是唯一、武斷，而是不斷往前的信念，「拍到不想拍為止」，用自主的鏡頭之眼抗拒資本主義新聞媒體的黑暗怪物，用相對的情感同理去面對內心的徬徨猶疑。

或許也因為如此，到了我這個年紀，轉而偏愛他拍攝的三島勝過細江，因為那避開了鏡頭的一瞥，是「絕對的」暫時喘息，而產生了「相對的」美。

吳明益

有時寫作、畫圖、攝影、耕作。現任國立東華大學華文文學系教授。

著有散文集《迷蝶誌》《蝶道》《家離水邊那麼近》《浮光》；短篇小說集《本日公休》《虎爺》《天橋上的魔術師》《苦雨之地》，長篇小說《睡眠的航線》《複眼人》《單車失竊記》《海風酒店》，論文「以書寫解放自然系列」三冊。

作品已譯有二十多國語言，曾獲法國島嶼文學獎小說獎、日本本屋大賞翻譯類第三名。並曾入圍（選）英國曼布克國際獎。國內曾獲臺北國際書展小說大獎、臺灣文學獎圖書類長篇小說金典獎、《聯合報》文學大獎、金鼎獎年度最佳圖書等。

—推薦2—

一拳超人

文◎重點就在括號裡

許多人會知道「土門拳」這個名字，應該是日本每日新聞社在土門拳過世後，一九八一年開始頒發的攝影獎「土門拳賞」。這個獎與朝日新聞社主辦「木村伊兵衛賞」，並列為日本攝影界的兩大獎項。而木村伊兵衛賞主要表彰新銳攝影師，土門拳賞較偏向於已有成就的攝影師。

日本最具代表性的水中攝影師中村征夫拿過，專注拍攝昆蟲與自然的今森光彥拿過，記錄日本水俁病公害事件的新聞攝影師桑原史成拿過。土門拳賞像是一個給予磨練技藝已久的攝影師的最高榮譽，如同土門拳有個響噹噹的稱號「攝影之鬼」——這邊的鬼並非幽魂，而是如同獸人般的凶猛妖怪——他對追求攝影技藝的堅持、對寫實主義的內省、對自我要求的不寬貸，讓他有了這個強悍的象徵。

何以嚴厲？讀《生與死》便知。

一生經歷三次腦出血的土門拳，第一次是一九五九年因過勞中風，導致右半身癱瘓，第二次則在一九六八年。但為了拍攝代表作《古寺巡禮》，他耗時四十年，走訪全日本全國百座以上的寺廟，即使第二次中風後，土門拳從此只能以輪椅代步，但一心想拍出讓觀者感受到佛像就在眼前的攝影作品，土門拳仍堅持拍攝，全心全意，努力完成他心目中的「專業」工作，直到一九七九年第三次中風全身癱瘓，意識昏迷，直到於一九九〇年辭世為止。

這本隨筆集在日本發表於一九七四年，而此書大部分的文章都寫於五〇年代初期，是他還尚未成為全國知名的攝影師時所寫下的隨筆，也是攝影在還未普及化、要購買器材仍有高門檻的時代。而土門拳在這本隨筆集裡，寫下了他如何踏進攝影世界、如何學習拍攝、如何脫離創作低潮，並且目指「專業」：他沒有業餘時期，也不是出於興趣而開始攝影，而是打從一開始就決定成為專業的攝影師，所以盡可能地努力。

這個「盡可能」，除了需要能力與魄力、人文素養的累積、拍攝技術的磨練（如何練習動態抓拍的過程如同星飛雄馬如何練習魔球）、對拍攝物的思索（比起將被攝者拍得美麗帥氣，他更專注於拍出該位人物的個性特徵）、釐清攝影理論的記錄性及結構的內涵等等，需要燃燒大量的熱情，以及決心與自律。

土門拳的攝影作品，也許看來輕鬆寫意，但翻閱這本《生與死》，我們可以理解土門拳的拚命與認真，是如何融入他的作品裡，那些輕鬆寫意底下蘊含了多少深厚的底氣。

畢竟，快門如同出拳，每一拳就是一次抓取獲勝機會的關鍵，時刻都要把握稍縱即逝的時機。而土門拳要求自己的每一拳，都必須不愧對專業，並且，扎扎實實地盡全力揮出。

重點就在括號裡

目標成為最碎碎唸、最不務正業的日劇及電影粉絲團。

座右銘為村上春樹的「只要十個人中有一個人成為常客，生意就能做起來。」

目錄 CONTENTS

前言

—まえがき—

我在過去數十年間書寫的稿件，現在有一部分集結成書，呈現在各位讀者的眼前。我不曉得過去的稿件究竟存在多少價值，也不知道大家是否會感興趣。但既然現在有機會讓各位過目，就像人們常說「別忘了故鄉」，我也由衷期待拙作能讓大家讀得興致盎然。即使是舊作，希望依然能為各位帶來注入新血般的嶄新趣味。

回想過去發生了許多事，當時我還年輕。仗著年輕，我從各方面都想展現自己，表現欲強。現在回想起來覺得近乎愚蠢。不論就當時表達的意見或工作方面來看，這種令人生厭的刻意表態都過於露骨。現在看來，或許也只能一笑置之。

我的自我表現欲隨著年齡增長，日漸淡去。我現在不太會為展現自我的欲望所苦。過去大家說我是「魔鬼土門」，現已改口為「佛系土門」，正如這樣的轉變，我想自己的表現欲已經日漸淡薄。這並不是因為老去、喪失青春的緣故，而是對事物感悟的能力增長的關係，也就是對事物具備更豐富的思考能力。

不過，能夠這麼輕易地將自己的想法坦率表現出來，也有我現在這個年紀所缺乏的優點。年輕人有年少時思考的特性，正如我過去也曾是如此。

年輕人經常受到告誡不要想太多，其實他們擁有青春特有的思考方式，那正是促使他們表現自我的動力。各位！現在不妨稍微參考我年輕時的意見。少年人擁有年輕特有的優點，而且這種特質幾乎普遍存在。首先可以試著聆聽土門拳年輕時的意見。各位！你們年輕時一定有美好而令人感動的想法，不過也請試著聆聽我的心聲。

一九七三年　十一月

寫於東京・麴町

土門拳

我的名字

—ぼくの名前—

我的姓名讀作「DOMONKEN」。

去郵局或銀行時，經辦人員常稱呼我「TSUCHIKADO」桑，不過「土門」真正的發音是「DOMON」。

或許有人會以為是筆名，不過這可是如假包換的本名。

我也曾被誤認為是印尼人或沖繩縣人，不過我的確是出生在山形縣的道地東北人。

我喜歡米飯，也就是用稻米煮的飯，喜歡到不可或缺的程度。在配菜中，我最喜歡加了豆腐的味噌湯。我不吃麵包，因為吃了以後胃會不舒服。雖然我很喜歡咖啡，但討厭喝紅茶，因為喝了紅茶以後會覺得想吐。我常喝威士忌、日本酒、啤酒，也常去賣紅豆麻糬湯的店家。比起紅豆泥，我更偏好可以嚐出紅豆顆粒的甜湯。尤其最喜歡熬得濃稠的紅豆湯。我從小就絕對不吃有勾芡的冬瓜肉末、加了土當歸的白芝麻拌豆腐。我也不喜歡粳米做的鹽仙貝，因為啃起來的聲音太響，直達腦髓，我想那一定會對腦部有害吧。

身為日本人，我最喜歡日本，勝過世界上其他國家。
因此我想拍出最符合日本現勢、最能反映日本的照片。

簡歷

—略歷—

明治四十二年十月二十五日，我出生於山形縣酒田町（現酒田市），是家中的長子。父親土門雄造是公司職員，母親是護士。

當父母離家前往北海道等地工作時，將我託付給爺爺奶奶養育。爺爺家也很拮据，我就這樣度過孤單寂寞的童年。在六到七歲時，我曾躲在暖桌下，隔著紙門上的投影偷聽奶奶面對討債人的哭泣聲，心想「都是因為家裡窮」，咬著棉被哭了又哭。不過只要走出家門，我就變成令村人頭痛的孩子王。根據伯父的回憶，以前我只要站在街角大喊一聲「集合」，不只同年齡的小朋友，甚至連稍微再大一點已經唸小學的孩子，都會接二連三地跑來。為了這種武打片般的場面，我會把家裡的曬衣桿帶出門，前後不知道弄丟了多少根。黃昏回到家時，奶奶罵我：要是沒把曬衣桿找回來，就不讓你吃晚飯。於是我在暮色中昏暗的路旁尋找，卻怎樣也遍尋不著，當時的情景彷彿猶在眼前。

在進小學的那年春天，我被接去東京跟父母同住。當時由伯父帶我去東京，但是長年待在鄉下的伯父不曉得怎樣關緊車窗，因為寒冷，我在搖晃的車廂內瑟縮了一整晚。

當時我的父母住在東京谷中，鄰近著名的貧民區「萬年町」。接近月底時，一定會聽到附近傳來激烈的夫妻吵架聲。當時我經常在谷中的基地玩耍。

後來我們家從谷中搬到麻布的飯倉。在那個時期，我玩耍的地點是芝公園。然後又從飯倉搬到橫濱。每次搬家都是為了配合父親的工作。我的小學與中學都是在橫濱讀完，我讀的中學是橫濱二中（現為「橫濱翠嵐高校」）。我從讀小學時就立志成為畫家。在中學入學考試的口試，問到將來的志向時，我回答想當「畫家」。

中學畢業後，由於家境貧困，我必須立刻開始工作，先成為遞信省的日薪人員。以現在的說法，相當於常態的約聘工。後來我還以常磐津三味線門徒的身分住在師傅家打雜，當過律師事務所的職員。我也曾讀過日大專門部法科的夜間部，但是不常去上課，讀了兩年就放棄了。

後來在二十四歲時，彷彿呼應兒時成為畫家的志向，我成為攝影師宮內幸太郎的門徒，他是母親的遠親，工作室位在上野池之端。這是我從事攝影的開端，在此之前我從來沒有拿過相機。

我在宮內先生門下待了兩年多，接著去銀座的日本工房[1]，在名取洋之助門下學習新

1　一九三三～一九四五年，以名取洋之助為中心設立的設計公司，旗下包括山名文夫、龜倉雄策等平面設計師及攝影師。曾發行富國際化色彩的《NIPPON》高品質圖像雜誌，內容涵蓋英、德、法、西班牙文。

聞攝影。我在日本工房也待了超過兩年。接下來接受國際文化振興會的委託，在透過攝影進行對外文化宣傳的計畫中，擔任企劃與攝影。這份工作一直持續到振興會的活動停止，當時已接近終戰。原先委託我這份工作的聯絡人，在昭和十七年秋遭到革職。因為他在《日本評論》發表的對外文化宣傳論，被解讀為針砭情報局政策，觸怒了當局人士。而在昭和十七年夏天，我刊登在《寫真文化》的攝影作品獲頒第一屆寫真文化賞。

戰後隨著以攝影等圖像為主的報導復甦，我又繼續展開新聞攝影的工作迄今。從昭和二十五年擔任ARS出版的《CAMERA》雜誌每月評選人起，我開始接觸戰前尚未出現的業餘攝影者。在每月的評選過程中，我確立信念，相信攝影的正途是寫實主義，並開始積極提倡。我認為寫實主義的表現形式應隨著時代變遷，但是根本的精神難以動搖。

我在戰時下定決心要記錄日本的文化瑰寶，憑貸款的資金開始拍攝文樂．人形淨琉璃與佛像，到了戰後，佛像攝影作品由美術出版社集結為《日本的雕刻》《室生寺》出版，另外以雜誌委託為主的文化人肖像攝影，由ARS出版社集結為《風貌》。我近期正著手整理兩本攝影集，分別以文樂與街上的孩子們為主題。

不愉快的攝影插曲

—不愉快な写真の話—

攝影的出發點自始至終都出於善意，所以攝影師是世界上最良善的人——這是我的信念。我絕對不會為了傷害或陷害他人，心懷不軌地拍攝照片，這樣的信念二十年來不曾改變。我相信不論是自己認識的其他專業攝影師，或是據說全日本多達四百五十萬名的業餘愛好者，沒有人會以惡意為出發點，將鏡頭對準拍攝目標。我敢斷言，即使自己所拍攝過的負片總數超過十萬張，其中沒有一枚是出於惡意而拍攝的。

不過在我的攝影生涯，有時結果與本意背道而馳，反而激怒或傷害到拍攝對象。就像有位女畫家憤怒地指責我，竟然把她額頭的小細紋拍得這麼清楚，也有女詩人感嘆，自己狹長的臉在照片裡又顯得更長了。不過以我個人的眼光，一定是從當事人最有魅力的角度、在最佳的時機拍攝。

大致上來說，我不擅長拍攝女性。正因為如此，我在幫女士拍照時總是小心翼翼，秉持最敬業的服務精神。我絕不會刻意捕捉額頭的小細紋。不可思議的是，就算對方額頭上只有五條小細紋，也會如實呈現在照片中，既不會減為四條，也不會增為六條。偏長的馬臉拍起來就是那麼長。如果人物的下巴稍微偏右，拍出來的下巴也就是偏右。而且更難理解的是，往往我自己覺得拍得很漂亮，甚至不無得意時，當事人看到照片往往大驚失色，面露憤怒或憂傷的表情。

「我跟土門拳無冤無仇，為什麼他把我拍得這麼老？下次遇到他，我可要跟他算帳。」某位女雕刻家特地向雜誌記者抱怨。但是在幫那位公認的美女雕刻家拍照時，儘管我平常崇尚自然光，仍特地為她打光，即使雜誌只需要一張照片，實際上卻拍了近百張，從中選出我覺得拍得最漂亮的作品交給雜誌社。

儘管如此，既然知道對方這麼不滿，以後如果在銀座或其他地方發現那位女雕刻家朝我走來，我準備儘早溜進附近的巷子裡。據說當雜誌記者聯繫拍攝事宜時，不少女性小說家或畫家一聽到攝影師是我，紛紛退避三舍「哎呀，我不敢讓土門先生拍吔」，甚至不乏男性也這樣表態。

我不僅相信自己的善意，也毫不懷疑世上其他攝影師的動機。因為只要心懷些微歹念，就無法順利完成拍照過程。因此我經常開玩笑說「所謂的攝影師，死後將會直接被帶往極樂世界。而且位居極樂世界正中央，最慈悲的佛祖將會向徬徨無助的攝影師招手，邀他坐在自己身旁的蓮花座上。總之，在這個世界上最滿懷善意投入工作的人就是攝影師，死後甚至有資格坐在偉大的佛祖旁。」

不過因為某次偶發的事件，我開始懷疑自己對於攝影與攝影師源自善意的想法，是否過於天真。在這個奉行資本主義並存在著階級制度的社會，就連攝影或攝影師的善意，也只能在限定條件下存在吧。我們所謂的善意，在現實中是否不可能存在……

昭和二十七年十二月十六日黃昏時，日本官公廳勞動組合協議會的抗爭隊伍占領國會。示威隊伍最主要的全電通、全農林、全食糧成員全部綁起頭帶，隊伍最前端高舉組織旗幟與關東旗、高掛的燈籠，聚集在首相官邸斜對面的西南側門前，向國會請願「應該發放兩個月的年終」與「確立最低薪資制」。他們突破警備的防線，乘虛而入，部分成員迅速地湧向門內，不過側門很快就完全緊閉，抗議隊伍的主力幾乎全部被擋在門外。在門前，可看到警備主力第一、第三隊戴著鐵盔排成數列，雙手握著警棍威武地對著他們。但是示威者毫不畏懼，喊著「開門，讓我們進去。」排成陣容試圖衝破，卻因警棍的威嚇而後退。

裝甲車的麥克風反覆播放同樣的語句：「工會成員已妨礙車輛流通，請移至步道。路過民眾請勿逗留，以免危險。」工會的一名成員喊道「如果政府依照我們的要求，警官的年終獎金也會提高。請協助我們抗爭，開門吧！」但是戴著鐵盔的警官們，臉上甚至連一絲苦笑都沒有，如機械人般挺直站立。

綁白頭帶的示威群眾使盡全力衝撞。儘管一再地被退斥，他們又會重整陣容，奮勇向前。白頭帶與藍頭盔的相互推擠如波浪般推進、破碎。怒吼、叫罵聲、歡呼聲混合在一起，還夾雜著高掛燈籠的撕裂聲、折斷旗桿的聲音。裝甲車的麥克風傳出刺耳的恫嚇語句，示威隊伍試圖以〈國際歌〉的音量蓋過，電視新聞攝製組架設的慘白照明映襯著當下情境，混亂騷動的場面彷彿正值革命前夕。

那一天，我攀上國會議事堂西南側四個門柱中，最接近官邸的一座。為Nikon相機裝上35mm廣角鏡頭，利用新聞攝製組的照明當作光源拍攝。這時就在我眼前，有個穿西裝的男人爬上裝設中央柵門的門柱，開始拍起照片。我心想：有個礙事的傢伙冒出來了，但攝影又不是我一個人的專利，他大概很快就會下去吧，先忍耐著。

通常在別人面前擺出拍照的姿勢，明顯會造成妨礙，所以後到的人拍個兩、三張很快就會離開，這是攝影師之間的不成文規矩。而且跑到別人面前取景時，就算沒說出「抱歉，打擾一下」，或是拍完後的「謝謝，不好意思」，也會以眼神示意，這是應有的禮貌。不論新聞採訪現場的攝影師同業，還是攝影會的業餘同好，都具備此共通的默契。

可是眼前這個西裝男，完全沒有下去的意思。他盤踞在門柱上，彎著腰一直拍個沒完。開什麼玩笑。示威隊伍朝西南門蜂擁而來，在柵門前與戴鐵盔的警察互相推擠衝撞。工會成員的英勇抗爭、隸屬國家機器的警察試圖阻擋，最戲劇化的場面在這裡發生，可說是當天活動的高潮。也因此在一個小時前，我就以相當不舒服的姿勢蜷縮在距離柵門正中央約五公尺的門柱上。

其實從稍早我就感覺到尿意，只是不想讓其他攝影師占去這座方形門柱，所以持續忍耐。儘管如此，只要我將鏡頭朝柵門前衝突的場面，畫面正中央總有那個男人上半身前傾、屁股朝後的醜陋姿態，非常顯眼。這樣根本拍不成照片。鄰近我身旁的警衛室屋頂上，還有朝日與讀賣兩家報社的攝影記者，以及電視台新聞攝製組，他們也一樣，只要將鏡頭對著柵門前，那個西裝男一定會出現在畫面正中央。所以他已經妨礙到所有人了。

結果當綁白頭巾的工會成員湧來，與戴藍頭盔的警察衝撞對峙，我雖然一直盯著觀景窗，由於那個男人擋在那裡，根本無法按快門。三番兩次錯過絕佳的時機，令我非常困擾，也因此怒火中燒。我朝西裝男的背影喊著：「喂，別一直擋在那裡，你害我沒辦法拍啦！」只要是明理的人聽了應該就懂。那人雖然回頭瞄了我一眼，卻仍然繼續面朝前方，一副事不關己的模樣，真是令人反感的傢伙。就算要一直黏在那裡，至少也該說聲「再等一下」之類的吧，太沒禮貌了。我甚至想乾脆跳下去，拽住他的雙腳，把他直接從門柱上拖下來算了。

「那傢伙打哪來的？」我回頭問報社的人。「是鑑識課的。」其中有一人回答。乍聽之下，我還沒意識到「鑑識」是做什麼的。稍微想了一下，應該是指警視廳鑑識課吧。

這樣我全都懂了。那名西裝男就是工會與民主團體通稱為「間諜」的便衣警察。難怪他的神情舉止，怎麼看都不像報社記者或業餘攝影師。還有他手上拿的廉價蛇腹相機，別說報社新聞記者，就連稍微講究一點的業餘攝影師都看不上眼，他還以閃光燈同步「喀嚓」「喀嚓」地拍個不停。那名男子所爬上的門柱，以當天從事新聞攝影的角度來看，未免離現場太近，這也是有原因的。那名男子從剛才就抱持跟我、以及所有新聞記者截然不同的動機，一直在拍照。當綁白頭巾的工會成員大聲吆喝湧來，與戴藍鐵盔的警力衝撞，他就從正上方瞄準抗爭者的臉拍照。

這麼一來，只要是參與遊行的工會成員，不論屬於全電通或全農林都將被一一蒐集到個人照片吧。萬一其中有人基於正當防衛，在一瞬間架住藍鐵盔高舉揮舞的警棍，光憑這時拍下的照片，就能扣上「妨害公務」的罪名。萬一抗爭隊伍氣勢驚人，突破西南門，利用從這裡拍的照片也能捏造出「私闖民宅」「損毀公物」等罪名。

明白這一點之後，我從後方觀察這名男子的舉動。他與勞工敵對的企圖，在我眼底看得一清二楚。那名男子所拍攝的照片，全都是為了日後用來向勞工階級施壓。工會成員們對於自己被拍到這些照片毫不知情，只是高喊「開門，讓我們進去」拚命向前湧，與藍鐵盔警力相互衝撞，也讓鐵柵門猛烈震動作響。我對那名西裝男越來越火大的同時，也感到極度反感。我連自己本來該拍攝的照片都忘了，莫名陷入思考。

眼前這個男人，並非單純不懂攝影規矩的普通人。而是被賦予國家權力，有「警視廳巡查」頭銜的「便衣攝影師」，他正在持續拍攝與勞動者敵對的照片。其中存在著不可動搖的事實：世界上的確有心懷惡意的攝影師，跟我所深信的攝影師的善意完全相反。

那一天，由白頭巾團結聚集的龐大陣容，如同厚重的人牆，經過三小時的波狀攻勢之後，終於贏過藍鐵盔的警力。國民可以前往參眾兩院請願，原本就是國會法明定的正當權利。晚間七點，西南側柵門打開，白頭巾的隊伍聲勢浩大地進入國會議事堂外圍。稍早已入內的工會成員紛紛揮舞紅旗、拍手、呼喊著「萬歲」迎接他們。在冷空氣中透過照明映襯的白煙，隱約可看到人群的身影，我不是完全沒被這一幕打動，然而肩上掛著相機背包踏上歸途時，我的心彷彿被什麼猛烈刺傷般，隱隱作痛。

拍攝示威遊行與古寺巡禮

—デモ取材と古寺巡礼—

去年十一月十二日，羽田大鳥居站前發生三派系全學運衝突，我恰巧置身現場也拍了一些照片，直到現在，我心底仍殘留著些許遺憾。

那就是對自己不聽使喚的右腿心有不甘。

「來了，來了！」不知是誰在呼喊，守候在附近的報社攝影記者與圍觀的民眾也跟著騷動起來。越過人群的頭頂，遠遠可望見遊行隊伍揮舞著紅色與藍色的旗幟。不知他們從哪裡一路走來，總之看起來相當疲倦。彷彿遠足歸來的一群學生，他們邊走邊隨興地喧譁閒聊、叫囂著。

然而自衛隊的輕裝甲機動車排滿通往羽田機場的大道，彷彿金屬浪板般擋住去路。大鳥居站前的平交道與商店街的通道，密實地排列著硬鋁合金製的大型長盾，長盾後方站著身穿深藍色戰鬥服機動隊員，他們戴著附防護面罩的頭盔，應是為了抵禦飛擲而來的石塊，整排機動隊員像螞蟻般密密麻麻地擠在一起。報社攝影記者與圍觀的民眾，不是遭到驅離，就是被趕到商店屋簷下。有兩名助手從左右扶持著我，躲在街角的電線杆後。

忽然示威隊伍開始「嘩——」地大聲吶喊，一齊投擲石塊。不過與其說是石塊，不如說是參雜黑色尖銳碎石的水泥碎片。有些甚至大到像嬰兒頭部般的碎塊「咻——咻——」地飛往前方，恐怕連最優秀的棒球投手看了也自嘆不如。飛擲而過的水泥碎塊砸在機動隊的硬鋁合金長盾上，發出「哐噹、哐噹」的撞擊聲。遮蔽商店窗板的馬口鐵皮也發出沉重的敲擊聲。說得誇張一點，在某一瞬間，紛紛投擲的石塊甚至遮蔽了天空，不見天日。

我正覺得自己神經質地聽到「哐噹」一聲，頭頂上不知是柏青哥還是什麼的店家，玻璃招牌已碎裂，正零零落落地掉下來。助手連忙將大衣覆蓋在我頭上，把我的頭當成橄欖球似地挾在腋下。我只能從大衣的縫隙往外看，動彈不得。儘管我對著助手喊「放開、放開我」，但他就是不鬆手。堅持的理由是「很危險」，但危險的時刻正是按快門的最佳時機。等到一切歸於平靜，周遭一點都不危險時，已經沒什麼好拍了。「我不是為了在電線杆後面玩躲貓貓才來羽田的」這麼一嚷，他終於鬆手，接下來我拍了四、五張照片。不過投擲石頭的學生近在眼前，臉也看得很清楚。每當鏡頭下的臉很清晰時，我就不按快門。萬一我拍的照片後來被拿去當作證據，既令人不快，也並非我的本意。

趁著驚人的投擲，打擊機動隊士氣的剎那，學生們齊聲吶喊衝向他們，我也從電線杆後方衝出，連續按快門。當情勢改為機動隊反擊，學生們開始轉身逃跑，在大馬路正中央只剩下我跟助手。機動隊舉起長盾、揮舞警棍，以極其驚人的氣勢往這邊衝來，彷彿即將輾過我們。「老師，快點、快點」，雖然助手高喊，但我的腿既沉重又不聽使喚，根本無法迅速逃離現場。於是兩名助手彷彿從左右把我架起來，邊注視著我的腳下邊數著「一、二，一、二」的節拍，當我們一步步勉強抵達電線杆的瞬間，機動隊以揚起沙塵般的氣勢從身旁奔馳而過。

比起無法隨心所欲地拍照，像幼兒園的孩童般聽人數著「一、二，一、二」更令我難受。不，恐怕連幼兒園的孩童都跑得比我快。自從我右半身不遂以來已經有八年了，從沒有一刻像當時那麼不甘心。

自己素有社會觀察派攝影師之稱，後來卻全心投入古寺巡禮的拍攝，正是這個原因，專注於繩文土器與古墳的素陶器、日本古窯的拍攝工作，也出於同樣的緣由。也就是說，我必須使用三腳架代替手持相機、以快門線取代用手指按快門，因此不得不走上這條路。而且如果是拍攝佛像或建築物、土器之類，就不必從現場落荒而逃。

身為紀實攝影師，無論是捕捉當今社會的現實面，或是拍攝奈良、京都的古典文化與傳統，我認為同樣在追求關於日本民族的憤怒、哀傷與喜悅，甚至是攸關整個民族命運的共通之處。差別只是在於前者像是西洋醫學的對症療法，後者像漢方醫學的持久療法。就問題的定義來說，我想兩者並無本質上的差異。

然而現今的日本有太多問題，就像醫師要面對過多急診患者。越南的議題不在話下，還有像沖繩主權、廢核、公害、物價等問題堆積如山。一九七〇年眼看即將到來，我們需要立即見效的對症療法，採用過程緩慢的持久療法恐怕太遲，萬一患者已經往生，開藥也無濟於事。我身為紀實攝影師，現在只想針對當下實際發生的問題，以現場目擊者的角度如點燃烽火般發出警訊、提供意見。換句話說，我想以相機為我們的民族而戰。

不過，問題也在於民族的韌性。無論我們怎麼思考、怎麼行動，如果身為日本人卻不像日本人，就毫無意義。如果日本人忘了自己的身世，一切都將變得空虛徒勞。當我為了《古寺巡禮》展開艱辛的旅途時，不禁思索自己為什麼要這麼辛苦。最後我找到答案：身為一名日本人，我想自己去發現日本、瞭解日本，並且將我的發現與理解呈現給各位。如果有人批評：那你的作品怎麼拍得這麼乏味，我沒有辯解的餘地，只能說我志在於此。

當然，如果我的腿沒出問題的話，應該不會有閒功夫談這些。此時我撫摸著無法行動自如的腿，或許可說正陷入自相矛盾的思緒，並陷入苦惱。

現狀

—現狀—

攝影界低靡的狀態，可從相機店與照片沖洗店的生意銳減，察覺出跡象。

相機在日本社會有一定的普及率。雖然我不清楚精確的數字，或許還不到每戶一台的程度，但是絕大多數的人都無須感嘆：因為沒有相機所以不能拍照。現在這個時代，通常擁有C級相機的人想要B級相機，而擁有B級相機的人又想要A級相機，擁有A級相機的人還想要一台備用相機，有了兩、三台A級相機之後，又想入手超望遠鏡頭與超廣角鏡頭。

等進階到日本製35mm相機中最高級的Nikon F與交換鏡頭，證明當事人已完全鬼迷心竅，購買欲凌駕了實際需求。Nikon F的品質當然不用說，這也反映出日本廣大的業餘攝影愛好者多麼渴望擁有更高級的配備。在戰後這樣的時間點，持有相機並不是問題，但業餘大眾的要求迄今已變得奢侈。

其實相機本身已經相當普遍。只要想捕捉眼前的景象，沒有拍不了的道理，只是不拍而已。明明有相機卻只是掛在公寓牆上，或任其沉睡在衣櫥的抽屜裡。

為什麼業餘大眾後來又不拍了？當然同樣泛稱為業餘大眾，還有分許多等級。相機店與照片沖洗店最主要的顧客，就是其中最單純的初學者。不可否認，比起黑白照，這個族群一開始就傾向於拍攝彩色照片。換句話說，委託沖洗的黑白底片遽減至零或個位數，由彩色底片持續取而代之，儘管如此在一九六七年，日本全國仍有半數的照片沖洗店倒閉、不得不關門，甚至在業者間引起恐慌，整體的生意遽減至此，究竟是為什麼？

即使將可能的諸多原因寫在這裡也無濟於事，簡單說來，恐怕是大眾普遍失去拍照的興趣吧。35mm相機發達及大光圈鏡頭與底片、相紙等感光素材，測光計日漸發達與普及，甚至足以代表EE相機且價格合理的近代相機器材逐漸革新與普及化，反而奪走了大眾對於拍照這項行為所感受的驚奇、期待與自我滿足，以至於喪失對攝影的興趣，這只能說是種諷刺的辯證關係。現在不僅能拍照，而且誰都可以拍。這麼一來，大家應該不會對攝影器材持續感興趣吧。

我所熟悉的攝影器材店，感嘆著現在放大機一年賣不到一台。這也反映出戰後的居住狀況，在自家沖洗照片的時代早已結束。對現在的業餘大眾來說，像過去把家裡的壁櫃改造成暗室，顯影時不經意地喊著「畫面出現了」，這種內心充滿雀躍期待的「照相」樂趣，從一開始就被剝奪了，這樣誰還能要求人們繼續拍照呢。在明治．大正時代曾有「沉迷攝影為期三年」的說法。當時攝影是屬於富裕階級，象徵精英文化的高尚嗜好。但是在已趨於大眾化的今日，要說攝影令人沉迷不僅不合時宜，而且別說三年，就是持續三個月都有問題吧。

這就是在業餘攝影者當中，屬於基層大眾的寫照。那麼真正入迷的愛好者又如何呢？這些人變成在比賽中獲勝、贏得獎金的專家。而那些不屑於角逐比賽、徵件的人，尤其是第一期紀實主義時代的攝影愛好者，已不再碰觸相機。他們只是靜靜地回想著將青春無怨無悔投入攝影的「美好時代」。

睡夢中的臉

—寢顏—

大正十二年（一九二三年）九月十六日晚間，當關東大震災餘留的火勢染紅夜空時，當時著名的無政府主義者大杉榮與妻子伊藤野枝、外甥橘宗一在麴町憲兵隊本部的地下室，遭到憲兵上尉甘粕正彥等五人絞殺，屍體被拋進憲兵隊內的古井裡。事件的原委在軍法會議中披露，由於在這起事件中，連婦女與小孩也一起遭到殘酷殺害，帶來相當大的衝擊，當時包括我的父親在內，許多人對於保守勢力的暴虐感到憤慨。

那年年底時，大杉的《自敘傳》出版，雖然當時我求知若渴地閱讀，但畢竟是將近三十年前的事，不知不覺我已遺忘大部分的內容，只記得其中一小段落。那就是夜半處於睡夢中的大杉，由於神近市子忌妒大杉與伊藤兩人的感情，被她持剃刀割傷。大杉雖然察覺到她的殺機，盡可能保持清醒，卻還是不小心睡著；這時他忽然感覺到咽喉附近一陣灼熱，彷彿有火花墜落，於是他立刻睜開眼睛。雖然我沒有被刀刃割過的經驗，但是如「火花墜落」這樣的形容，讓年少的我留下非常深刻的印象，彷彿自己就是大杉。

某位太平洋戰爭的犧牲者曾回憶，受創時感覺到局部的灼熱感，我聽了也告知對方大杉的日蔭茶屋事件。

這次找出大杉的《自敘傳》重讀，事情的原委如下。地點在相州葉山的日蔭茶屋，時間在大正五年十一月八日凌晨三點左右，大杉當時三十二歲，神近約二十六歲。

「我想時候應該到了。這次她恐怕真的會動手吧。我雙手抱胸，維持仰臥的姿勢，如果她過來我隨時都可以爬起來，維持閉目屏息。在一個小時之內她稍微動了兩、三次，每次我都會隨之握緊拳頭。

她最後還是起身過來了，接著坐在我枕邊的火缽旁。我心想這樣可不妙，如果她是從側面襲擊，多少還有辦法抵擋，要是她從頭部旁邊攻擊恐怕無計可施，但我現在勉強爬起來也很不自然。萬一她用手槍轟我的頭，那還真不知該如何是好，但如果用刀刃或許還有辦法。她手邊不會忽然有手槍吧，所以凶器應該是刀械類。『反正不管發生什麼事，接下來我絕對不可以睡著。一旦睡著，就沒命了。』

我下定決心繼續閉上眼睛抱胸，屏息感受枕邊那人的呼吸。此時我聽見某處傳來三點的鐘聲。我努力傾聽，試圖掌握對方的動靜。

忽然我感受到在自己咽喉附近，有火花墜落般灼熱的感覺。

『糟了。』

我睜開眼睛。不知不覺間，我陷入自己施展的催眠術，就這樣睡著了。

『感覺灼熱的部位恐怕是槍傷吧。』

我繼續這樣想著。當我看著前方，她正拉開紙門，準備悄悄地走出房間。

『等一下！』我喊出聲來。

她回過頭看我。」

有種譬喻叫做「熟睡中喪命」，而大杉真的在沉睡時遭到割喉。像大杉這樣明明預料到卻還是睡著，未免太過大意。不知是幸還是不幸，我等凡人不像大杉那樣搶手，即使神經大條地睡著，也不會面臨遭女人謀殺的危險。

大杉的情形其實不難理解。陷入睡夢中——亦即大意的狀態，表示身心徹底獲得解放；也就是拋棄「有心」，達到「無心」的狀態，所以自古以來就有「睡夢中安詳的表情」的說法。原本「安詳的表情」是指純真無邪的孩子睡夢中放鬆的容顏，像我們已經長大成人，只有在無心的狀態下，才有可能在睡著時浮現安詳的表情。

以前我曾與某位男性一起同行，展開漫長旅行。當時我在半夜才回到投宿的地方，那名旅伴已經入睡。看到他睡夢中的表情，我忽然感到驚恐。他完全沒有察覺我回來，依然陷入沉睡中，但臉上不知為何有著鬱悶愁苦的表情。不管怎麼說，他睡夢中的表情相當苦悶。當我注視他的面容時，深深地感受到睡夢中的臉其實很可怕。當我們清醒時，自然會注意維持表情，但是一旦像這樣徹底陷入熟睡，無論好壞，潛意識隱藏的意念似乎會赤裸地顯現。事實上從對方入睡時的表情，完全暴露出我平常對他感到嫌惡的種種特質。

至少所謂睡夢中的表情，絕對無法偽裝。所以如果要追求最寫實的人物肖像，豈不是該拍攝熟睡時的臉嗎？我曾為數千人拍攝過肖像，但是目前為止還沒有拍過「睡夢中的肖像攝影」，首先沒有人會提出這樣的要求。

若說哪個人最清楚男人熟睡時的臉，應該會是他的妻子吧。像大杉那樣暴露在睡眠時鬆懈的狀態，幾乎喪命，也只有在跟老婆相處時才有可能。也就是說只有當事人的妻子，才有可能拍攝出一名男子「睡夢中的肖像照」。像我們這些攝影師所捕捉的肖像照，只能掌握到對方意識出自己正在拍照的面貌，多多少少有點刻意。所以像我提出的謬論，說什麼裝模作樣本身也流露出當事人的特性，不過是攝影師無法捕捉「睡夢中的肖像照」，心有不甘的說詞罷了。

裝飾棺木的照片

—棺の上に飾る写真—

水窪裡
倒映著松樹上覆蓋的積雪
水珠啪嗒一聲滴落
依舊是
倒映著松樹上覆蓋的積雪

這樣的描寫宛如照片。不，如果是照片，也是非常美的攝影作品。這是草野天平的詩，題名為〈雪之晨〉。

寫這首詩的天平走了。前年夏天，他飄忽地踏上旅途，寄宿在比叡山松禪院，卻在那裡因肺病臥床，最後於昭和二十七年四月二十五日凌晨兩點過世，享年四十三歲。留下詩集《一條道路》，收錄包括〈雪之晨〉等三十三首詩。

他出發前曾來向我道別，那是我們最後一次見面。當時我沒什麼工作可接，手頭正緊，因此放棄幫他餞行。天平到了比叡山以後，我還收到他寄來的長信，內容是寫了好幾張稾半紙的詩論。我那時也沒想到要回信。但前幾天，他哥哥草野心平打電話來，說天平病危，命在旦夕，他要出發去比叡山探病。高橋錦吉緊接著打電話來，要我也貢獻一點慰問金。這筆慰問金最後變成了奠儀。

人們陸續死去
而後又有人出生
同樣的事再度發生
人們陸續死去
最後自己也會離世吧
沒有什麼好悲傷的
也沒什麼好掙扎
只要在此
孤單等候

這是天平的詩，題為〈宇宙間的一個點〉。後來天平自己也離開人世。

天平是我從昭和十四年以來的摯友。過去他在《婦女畫報》編輯部工作，我幫雜誌社拍攝照片，而天平是負責聯繫的窗口，我們很快就成為比同事更融洽的好友，當時天平剛結婚不久。我也曾拜訪他在中野附近的公寓，在空蕩的房間角落，只擺著一個裝蜜柑的木箱，上面擺著兩組杯碗，覆蓋著廚巾。那時他的妻子已在戰前過世，身後留下一個兒子。

捲線器露出剪斷的線頭
閃閃發亮的針
並排著戳在針插上
一把小巧的日本剪刀
悄悄地躺在一旁

打開妻子的縫紉箱
觸景生情
不禁淚眼矇矓

這是題為〈妻之死〉的天平詩作。

在戰時，天平跟兒子一起疏散到福島縣鄉下，住在農家的倉庫裡。當時他已開始專注於寫詩。我很擔心生無分文的天平要怎麼過日子，但我當時也自身難保，無法向他伸出援手。每次他來東京時，都會在我家住上一、兩晚，不管是只有一碗味噌湯配飯，或是只能招待水煮黃豆，他都吃得很開心，是位很隨和的客人。我家的女眷也都喜歡天平，對他很好。

我想寫下三件事，都是關於天平最後的回憶。

我把自己未完成的稿件給天平讀，他告訴我其實把「青空」的「青」去掉，只留下「空」，一看就知道是指晴朗的天空。聽他這麼一說，的確是這樣沒錯。但我蹩腳的文章就是想保留「青」這個字。我們倆為了該不該刪去這個字爭執起來。我最後還是決定不刪。儘管如此，天平不自覺流露詩人對語言的潔癖，令我非常感動，也很高興。如果說我對詩稍微有一些瞭解，也是從那場爭論開始。

有一次我跟天平去銀座。雖然我們一起同行，但因為我性子急，只顧著往前走。等我回過神來，才發現他不在身旁。不知不覺他遙遙落在一個街區後，正悠閒地走著，我只好停下來等他。當我們再次並肩同行，天平又不見了。他再度落在一個街區後，我沒有辦法，只好又停下來等他。「喂，你走快一點呀！」我對他說。「如果太趕，詩的節奏會被打亂。」他回答。令我惱怒的是，天平完全沒有要配合我步調的意思。

當我們在銀座四丁目的十字路口等待綠燈亮時，天平忽然喃喃自語「月亮出來了」。明明彼時豔陽高照，日正當中。「欸，有月亮？」我仰望著天空，當然不論從哪個方向都看不到月亮。接下來天平又低語著「我聽見浪濤聲」。沒錯，從銀座四丁目往築地方向大約一公里遠，就是東京灣。但是不可能聽見那裡的海浪聲。只聽見「叭——叭——」的汽車喇叭聲、人群的腳步聲等匯流而成的都市噪音，喧囂不已。不過把心靜下來聆聽，在紛亂的噪音之下，不能否認彷彿有些什麼聽起來像浪濤聲。這或許是因為聽了天平的話，形成自我暗示的作用。這麼說來，月亮似乎正懸掛在撒了耀眼銀粉般的晴空下，就在某處呢。

聽到天平的死訊，我忽然驚覺一件事，那就是天平的照片。我問家裡的女人們，她們都不記得有他的照片。難不成我從來沒拍過他嗎？我感到莫名慌亂。我試著靜下心來，思索從我們認識以來的回憶。我好像的確沒拍過他的照片。

從認識以來整整十五年，其間我擁有了徠卡相機（Leica）、祿萊相機（Rolleiflex）。在戶外幫他拍張照，可說是輕而易舉。儘管如此，我卻連一張照片都沒幫他拍，這究竟是怎麼回事呢？

除了我以外，天平跟田村茂也很熟，他應該還跟藤本四八、光墨弘、若松不二夫、越壽雄等攝影師有往來。其中會不會有人拍攝過天平？要是田村有幫他拍照就好了，但是田村跟我一樣，不會隨手拿出相機拍照。這麼一想，天平成為詩人以後，很可能在世上沒有留下一張照片。

明明認識許多攝影師，在長達十五年的歲月裡卻沒人幫他拍過照，世上哪有這麼不講義氣的朋友？眼看喪禮緊接著將在幾天後舉行，卻找不到可以放在棺木上的照片，我比任何人更愧對天平的在天之靈。

在今後的有生之年，我但願自己不與他人為敵，也不草率地彼此對待。就像自古以來就有「人生無常」的說法，今天活在世上，並不能保證明天依然能夠活著，這是顯而易見的事實。但每個人都忘了，認為自己將會一直活到明天、明年此時。因此沒有人想到要準備棺木上的照片。既然當事人認定自己還會活很久，周遭的人對於先拍攝葬禮用照片的提議，也很難說出口。

但是無論如何，每個人都會死，也可能在意想不到的情況下死去。遺族在慌亂中翻找照片，通常會尋獲手帳大小或適合擺在櫥櫃的2L尺寸（12.7cm×17.8cm，約7吋）照片，但是放在棺木上太小。即使想要放大加洗，因為多半在幾年前拍攝，縱然知道在哪家照相館拍攝，已經找不到底片，家屬只能萬般焦急地要求幫忙翻拍。

即使照片只有手帳大小，或是晚年的個人肖像照都好，照相館常遇到客人無理的要求，希望從某張紀念照裡的人群中，框出只有豆粒大的個人，翻拍放大到四切尺寸（254 × 305 mm，約10×12吋）。

既然人已長眠，就無法再拍照。趁著還在世時，應該盡可能在人生風采正盛的時期留影，並且放大沖洗成恰當尺寸，裝進相框先準備好。今後我們應該將珍惜生命與尊重人權的主張，延伸至照片的領域。

所謂事實

—事実ということ—

掌握「事實背後的真相」，我一直將此視為攝影最主要的目的。長久以來，不僅人們這麼說，我自己也這樣主張。

甚至有個略帶貶意的詞出現了，表示只停留在事物的表面，不觸及背後的真相，稱為「隨手抓拍」。大家都這麼說，我也跟著說。說不定這還是由我帶動推廣的詞彙。我曾長期擔任《ARS CAMERA》《PHOTO ART》攝影雜誌的每月評選委員，有許多投稿人應該都領教過我發表「隨手抓拍」「抓拍風格」的評語吧。這些參加者在一知半解、似懂非懂的情況下，應該認為以後不可以「隨手抓拍」。

其實我們有很長一段時間，遭受所謂「真相」的幽靈魅惑。直到最近我才深切地察覺到這一點，深感慚愧。

無上地尊崇真相，前提是先驗性地輕蔑事實。譬如事實未必是真相，事實的背後隱藏著真相等。我們並不想深究事實，只想探索背後，不僅這樣受到驅使也同樣慫恿他人。如果所謂的背後真的隱藏真相，不妨把「隨手抓拍」的照片翻過來，我們看到的只有相紙背面白皙的氧化鋇塗層。

不論表面或背後都不存在著真相，嚴格說來只有事實本身。而且事實既不虛假也不誇大。事實是我們眼睛所見、耳朵所聽、雙手所觸摸的事物。如果這樣想，事實無涉於我們的主觀，嚴肅地形成與存在。真相是觀念性的、抽象的、主觀的，或許多半侷限於文學表現，但事實是即物的、具體的，也是客觀的。

真相曖昧模糊，像幽靈般連腳都沒有，但事實卻往往腳踏實地，也可以用鎚子敲、用尺量、用秤稱、用溫度計測。無論事實涵蓋的是事物還是事態，我們都可以加以確認；就算事物或事態本身是無法確定的，也可以明確知曉。

對攝影師而言，最重要的是雖然無法拍攝幽靈般的真相，卻可以拍攝事實。不，我們必須有所自覺，照片所能拍攝出的只有事實。攝影師輕蔑事實，就等於徹底自我放棄。

我們可以想像遭受美軍地毯式轟炸的北越河內市區，甚至不無可能想像細節。但是光憑想像無法拍攝照片。田村茂之所以冒著生命危險，在河內街頭左閃右躲逃避美軍戰鬥機的機關槍掃射，就是因為如果他不憑藉身高僅五呎的瘦弱身軀，置身在當時的河內，就拍不到照片。這是無庸置疑的事實。

我們不應再對事實抱以無端的輕視，並且該轉向真正值得拍攝的事實。過去我曾說「絕對非刻意擺拍的絕對抓拍」，現在回想起來雖不能說有錯，但也不必講得這麼誇張。首先我們可以從「隨手抓拍」開始。

自畫像

—自写像—

在畫家作品中，有所謂的自畫像。每位畫家都會為自己描繪肖像，其中以這類作品聞名的畫家是林布蘭、塞尚、高更。這三位正好都是孤高倨傲的畫家，這點相當耐人尋味。從近代精神分析的角度來看，畫家的自畫像或許跟自我的確立有關。

畫家有自畫像，攝影師卻沒有自拍像。以前我曾嘗試拍攝自拍像，然而這種藉由相機完成的自畫像，實在很不方便。我曾握著橡皮球控制箱型蛇腹相機的快門，拍攝自己的臉部特寫。或是用有計時器的35mm相機拍攝自己的半身照或全身照。不論有沒有刻意面對鏡頭，感覺總有點像帶有戲劇性的個人演出，只能拍出做作的照片。拍攝自拍像時，試圖提醒自己別裝模作樣，反而陷入保持自然的刻意而為。因為不是由他人拍攝，而是自己拍攝自己，勉強假裝虛心，告訴自己「不要在意、不要在意」，但是不在意的狀態下根本拍不了照片，所以最後還是會介意。

當我們欣賞塞尚或高更的自畫像，完全不會產生刻意的印象。因為他們是特別傑出的畫家，也是出類拔萃的人。或許根本不需要對著鏡子描繪自己，而且更主要的問題在於時間。握住橡皮球或按快門線，設定計時器，攝影就在一秒到百分之一秒間完成，於是捕捉到在那一瞬間有些刻意的自己。油畫再快也要幾小時，一般至少要幾天、數十日才能夠完成。在那麼長的時間裡，沒有人能對著鏡子有意地展現自己，結果應該是描繪出鏡中所見與平常表情、動作相同的自己；亦即可能畫出最大公約數的自己、平常所熟悉的自己。但自拍像只能捕捉到按下快門那一瞬間的自身，那僅是選擇性的自己，這也是攝影宿命性的條件，同時也是按快門的時機對於攝影有重大意義的原因。

攝影師自己不會朝向鏡頭。他只會將鏡頭對著眼前的事物、自己以外的他者。而且所謂的攝影師，嚴格說來是藉由拍照認識一樣東西，加以思索。而且是除了拍照以外，對一切都不感興趣的人種。也就是總是依賴他者，只能藉由他者獲得保障。

攝影師不會檢視自己的內在，攝影師的視線往往投向周遭廣闊的世界。與其說他們對相機的使用徹底內化，不如說這群人原本就不擅長內省、反省以及自我批判。如果真的要形容，或許就像有錢人家任性的獨生子，總之就是討厭的傢伙。像我常對自己的缺點視而不見，對於他人的問題卻看得很仔細，到了吹毛求疵的地步，還經常講些對他人極其失禮的壞話。

正如古人說「君子成人之美，不成人之惡。小人反是。」的確很有道理。但是我不想當君子，寧願當小人，因為可以毫無顧忌地批評，而且罵得越激烈越痛快。什麼君子，通通見鬼去吧。

自述

—自敘伝—

起初，我也曾經是東京上野公園附近某間照相館的「學徒」。每天忙著清潔打掃、收拾客人的鞋子、以清水沖洗照片上殘留的藥劑、用海波調製定影液等照相館的瑣事雜務，關於將來要直接成為照相館的攝影師，我卻從來沒想過。

成為照相館的學徒後，過沒多久我就對這種類型的攝影開始感到懷疑。在攝影技術剛傳入日本的明治年間，或許相館攝影的內涵並非如此，但以我所踏入的世界來看，其中所蘊含的社會性與藝術性相當薄弱，已變成商業氣息過於濃厚的狹隘世界。我漸漸意識到，恐怕只有新聞攝影，才能真正展現出攝影的社會性與藝術性價值。當然我並沒有很清楚地意識到攝影究竟是什麼，我只是將「新聞攝影」視為攝影的新方向，並開始思考這個名詞所象徵的世界。最後我下定決心，無論如何將來要成為攝影記者。

然而，雖然我決定要成為新聞攝影師，卻沒有任何頭緒。我每天緊盯著報紙的「求人求職欄」，但是與攝影相關的職缺，只有照相館的學徒與攝影師、相機店的店員。當時社會不景氣，許多人連工作都找不到。像我這樣的人既沒有正規學歷，也沒有經驗，只有年齡徒長，如果現在開始起步，成為攝影記者的可能性恐怕很渺茫。不過既然我出生在明治年間，就秉持著「有志者事竟成」的老派實踐哲學。我並沒有放棄夢想。

想成為攝影記者必須具備專業素養與技術。我是個寄住在商業照相館的學徒，置身在截然不同的世界，根本無法自然而然地具備這兩種條件。在有朝一日可以進入理想的環境前，我只能完全仰賴「自學」。於是我下定決心「要多讀書」。

累積個人素養最好的方法就是讀書，總之要多方涉獵。我自己設想出新聞攝影師應該具備的各領域知識，我想首先必須研讀攝影史與相關科學。不過當學徒幾乎沒什麼個人的時間，即使是工作不忙的日子，我也不敢明目張膽地讀自己的書，如果真的有空閒，反而要裝作認真工作的樣子，絕不能任意打發時間。一旦閒下來就表示生意不好，於是「師傅」就會面露明顯不悅的表情，至少在我們這些學徒眼中看來的確如此，好像我們整天無所事事、白吃白住似的。因此真正忙得不可開交時，反而心裡比較輕鬆。

大致上來說，照相館跟學徒之間有種不成文規定，就算只是口頭約定，也有三到五年的年限，稱為「定期奉公」。當然在「入門」時，原則上需要兩名「保證人」擔保。在這段期間沒有「月薪」，只會在每個月最後一天給少許「零用錢」。月薪與零用錢的金額當然不同，但更大的差異在於本質，可視為「定期奉公」的象徵。

當然零用錢的實際金額也很少，而且會先扣除部分金額再存入郵政儲金。儘管存摺上印的確實是自己的名字，但一切手續都由師傅進行，當然存摺也由師傅保管。我們只有在剛開戶時提供印章。如果直接把零用錢交給我們，或許很快就會花得一乾二淨，這可說是出於師傅的好意，為我們將來的自立預做準備；不過往壞處想，多多少少也是萬一我們有什麼重大疏失，可以作為補償金，譬如不小心弄壞相機、遺失鏡頭，向客戶收取的攝影費在途中弄丟或遭到偷竊。我們平常的生活雜費也都從零用錢扣除。唯一可以領到的是去澡堂的費用，夏季是每天給，冬季是隔天，師傅跟澡堂有特別談好的「入場券」。如果要自己出錢，難免有人一週到十天都不洗澡，這樣既不利於相館的生意，也會對客人造成困擾。我們也領不到盂蘭盆節與歲暮的獎金，只能拿到廉價的制服。這或許象徵著定期奉公的本質，也可能是出於服務業經營的周全考量。

學徒的休假每月只有一天。但是相館全年無休，所以要看準最不忙的日子，先跟其他學徒達成協議。當然像正月的「松之內」期間或是像星期日與節日、黃道吉日、陰曆一月十六日與七月十六日一般學徒回老家的日子，都是外面人潮最多、相館生意最忙的時刻，絕不可能讓我們休假。當然即使在休假當天，上午仍需維持例行的清潔打掃。

每間相館的規矩不同，除了剛收為學徒時需要保證人，有時甚至還必須支付「保證金」，因為相館會傳授技能，這點跟學校一樣，因此有時也會收取伙食費或其他開銷。上述這些例子都是「無償勞動」。一般來說，原則上要提供學徒住處，但是包吃包住可能划不來，所以也有讓學徒帶便當通勤往返的例子。如果換個想法，或許這樣對雙方更合理。

總之，即使順利度過三到五年的修業期限，之後還有一、兩年的時間要留下來繼續工作，稱為「御禮奉公」。這時職務從學徒升格為「技師」或「見習技師」，或許還能領到接近月薪的工資，當然到了戰後，社會風氣已變得更民主，或許情況已有所改善，但在我年輕時還是封建的學徒制，當學徒跟商店的打雜小弟沒什麼差別。在修業期間，可說一切都由師傅控管，彷彿連身體都不屬於自己。

我的情形跟寄宿在油店的學徒差不多，每天要等到鑽進被窩後，才有真正屬於自己的時間。白天在玄關旁六張榻榻米大的工作間，修飾底片乾版、讓相紙感光、裁切、把照片貼在襯底上、包裝妥當方便運送。過了晚上十點，工作間就會蛻變成四名學徒的寢室。至少在鑽進被窩以後，到翌日早晨的起床時間，夏季是六點，冬季是七點，這段光陰可以完全屬於自己，學徒們趴在床上翻閱雜誌，或是寫信給母親。

我利用睡覺時間讀書。兩年多以來，辛苦地讀完五百冊攝影相關的書籍與雜誌，當時我幾乎讀遍所有能讀的書。雜誌像《攝影月報》《CAMERA》《ASAHI CAMERA》《攝影藝術》《光畫》《攝影時代》等，都是從創刊號開始依序讀遍每一本。《美術畫報》《中央美術》《水彩畫》《畫室》《美術新論》等美術雜誌幾乎也都讀過，其中甚至包括我出生前發行的期刊。幸運的是在我所待的照相館，倉庫裡有相當齊全的攝影雜誌，在夏季比較不忙的時候，我會假裝為了整理東西走進倉庫，長時間待在裡面，直到有人叫我吃晚飯為止。「倉庫圖書館」的藏書讓我獲益良多，這樣的幸運令我感謝至今。而「倉庫圖書館」裡沒有的書，我會趁著被派去外面跑腿時，去神田或本鄉的舊書店購買。

我從小就養成讀書的嗜好，一直都會四處找書並在讀完後出售，因此對於神田或本鄉的舊書店街瞭如指掌，像是哪家店主要經營什麼種類的書、哪間書店的售價便宜、哪家收購的價格比較好，我幾乎知道每一家店的特徵。所以就算趁著跑腿時順便找自己想看的書，也不會花太多時間。在單行本書籍中，關於攝影科學與印刷技術的書我預先讀了一些。但如果是包含生硬化學方程式的內容，我即使讀了也記不住。像佐和九郎的《曝光的祕訣》《顯影與放大》《ARS大攝影講座》雖然讀過，但直到最近都還沒有派上用場。福原信三的《光與其階調》、金丸重嶺的《新形態攝影的製作方法》等也都閱讀過。像德國攝影集《光影》這樣的書太貴，我根本買不起，只能在丸善書店站著欣賞。所以在我投入這一行之前，已將日本攝影的發展史與現狀、基礎理論印在腦海中。也就是說「被窩大學」為我奠定了攝影技術的基礎。光是「被窩大學」就讓年輕時的我得以滿足進取心與夢想，度過充實的每一天。

不過，為了避免自己的學習觸犯到師傅與相館其他學徒，我非常謹慎、小心翼翼。正如所謂的如履薄冰，我一整年都必須在這種戰戰兢兢的狀況下自學。已決定將我培養成相館攝影師的師傅，看到我經常在讀些沒用的東西，露出不以為然的表情。對於相館攝影毫不懷疑的前輩，剛開始認為我是認真學習的學徒，對我照顧有加，後來漸漸發現我朝著不同的方向發展，便刻意刁難我。當我已經讀遍日本攝影相關的書籍雜誌，沒有東西可讀，開始學德語的時候，他的敵意就更明顯了。

當時由德國引領世界攝影潮流，以相機結構來看，令人驚奇不已的徠卡、康泰時（Contax）、祿萊等小型相機問世，遙遙領先其他國家。在感光素材方面，也有愛克發（Agfa）的底片，相紙則是柯達的天下。在作品方面，新即物主義（Neue Sachlichkeit）與包浩斯運動掀起新的風潮，攝影年鑑《光影畫報》（*Das Lichtbild*）是世界級權威。

在當時活躍的攝影師包括馬丁・蒙卡西（Martin Munkácsi）、莫侯利・納吉（LászlóMoholy-Nagy）、阿爾弗雷德・艾森施泰特（Alfred Eisenstaedt）、沃夫岡・韋伯（Wolfgang Weber）、赫達・瓦爾特（Hedda Walther）等，可說是天才雲集。那時德國還出現多種精彩的圖像雜誌。隨著數年後納粹抬頭，這些優秀的攝影師、編輯、設計師陸續流亡美國，也為《生活》（*LIFE*）、《展望》（*Look*）、《圖像》（*PIC*）等雜誌的誕生提供技術性的基礎，不過那又是後來的事了。當時正值德國攝影界的全盛時期，在各方面的發展都已臻成熟。如果不瞭解德國攝影的動向，就無法掌握未來攝影的趨勢。因此我深切感受到學德語的必要。

我買了權田保之助的《德語講座》，一如往常趴在床鋪上從A、B、C開始自學。能夠辨識過去只看得懂片假名的歌德、貝多芬、柏林、慕尼黑等人名與地名的原文，讓我覺得既新奇又感動。彷彿地球上還有一個未知的世界向我展開，帶來莫名的解放感。我體會著德語特殊的捲舌發音，熱衷於學習。

於是存心刁難我的前輩開始抱怨，說燈光太亮影響他的睡眠。我早就料到他會說這種話，從以前就總是把電燈拉低，蓋上包袱巾，只讓燈光照在書上，但是前輩故意嘀咕著翻來覆去。再加上學外文時，只看著發音符號毫無實感，多少還是要有一定程度的發音練習，他也抱怨嫌吵。就算我只是照著音標動嘴唇，完全不發出聲音，前輩還是無法諒解，意有所指地數落著。

我感到困惑，在我看來，其他那些已經睡著的學徒發出的鼾聲其實更擾人，他為什麼對我特別反感？每晚取出棉被後，壁櫃就空了，我把頭伸進去，電燈也牽進去，盡可能把紙門拉到脖子旁，設法不讓光線外洩，繼續讀書。小心眼的前輩終於停止抱怨。我雖然覺得空氣很悶，心情卻輕鬆多了。就這樣相安無事維持了一段時間。不過，師傅後來察覺這件事，說在壁櫃裡開燈有引發火災的危險，絕對禁止我這麼做。

從那時候起到現在，我的德語一直沒學好。

人文素養可以透過讀書累積，但是技術無法以同樣的方法學習。有種譬喻叫做「在榻榻米上練游泳」，技術只有透過實際經驗才能累積。但是在照相館裡，似乎沒有任何技術直接跟新聞攝影有關。攝影包括顯像、修片、印成照片、放大、調色、定影、清水沖洗、打光等細節，這些全都是相館攝影獨特的手工藝技術，相當耗時間。但畢竟是從明治初期以來的久遠傳統，形成自成一格的世界，如果期待它跟接下來即將開展的新藝術結合，恐怕根本沒搞清楚狀況。

在成為這間相館的學徒前，我從來沒有拿過相機，甚至連「寫真」的「寫」字都不認得，這時卻已累積了超越入門等級的專業知識。現在的業餘愛好者或年輕專業攝影師或許會感到意外，我從未經歷過所謂的業餘時期，哪怕連一天都沒有。我並不是出於興趣玩相機，進而熱愛攝影，最後甚至成為攝影師。我是從一開始就直接踏入專業領域。以這層意義來說，當時那家相館不僅讓原本連「寫真」的「寫」字都不識的我，實際學會入門攝影技術，還讓我與攝影產生連結。雖然不知道這樣的命運是好是壞，我至今依然心存感激。

問題在於攝影。如果無法在相館學習新聞攝影的技能，就只好出門自己練習。而每月一次的休假是最好的機會。但是光憑每月一次的休假實在不夠，因此只要師傅派我去稍遠的地方，我總會偷偷帶著相機出門。那台是我向叔父借來的手帳尺寸（8×10.5cm）德國Goerz Ango相機，我一直沒有還他。

說起Goerz Ango相機，現在已經是博物館等級的機種了，但是在過去可說是新聞攝影記者使用的攜帶型相機，尺寸大概有現在雙反相機的四倍大。若說這麼大的相機要如何偷帶出去，還真是多虧穿了和服。當時的學徒多半穿著夾雜白紋的紺藍色和服，下半身搭配薄毛料的袴。我將相機藏在懷中，挾在左腋下，用左臂環抱著，這樣從外觀上大致看不出來有相機。接下來只要能順利走出玄關，就算我走路時拎著相機，也不會有人覺得奇怪。接下來我將儘快完成工作，以爭取抓拍的時間。儘管說是抓拍，當時能拍攝的主題卻很有限。像現在的寫實主義主張日常生活中的各種現象與人物，都可以直接成為拍攝主題，這樣的想法當時還沒出現。發現主題的契機，主要只有由光影構成的畫面效果。當然我並不想拍攝這類沙龍風格的作品，在外出的短暫路途中，很少會遇到會讓我想拍攝的主題。但是哪怕連快門都沒按就回去了，我還是想攜帶相機出門，因為我內心隱藏著難以磨滅的期待。

有時為了送照片給顧客或是收款，相館會同時派兩人到三人出發，這時我會巧妙地欺瞞同伴，儘量往可能有拍攝目標的地方去。遇到雨天或陰天的日子不適合拍照，我就會捏造藉口，設法拖延到放晴的日子。小學時代不想上學的時候，我會假裝頭痛或肚子痛欺騙媽媽，這一招仍然能派上用場。別有居心，內心暗藏企圖的我，為了掌握學習的時間與機會，不遺餘力想盡各種辦法，有時甚至必須耍點小心機。

我在東京的都電上，捕捉坐在正對面的少年大張嘴打哈欠的樣子，就是趁出公差在外時拍攝。我用這張照片參加《朝日相機》每月固定的小型選拔，獲得三日圓的獎金。照片的標題是〈啊——啊——〉，我所拍攝的照片出現在印刷品上，那應該是有生以來第一次吧。

當時曾經缺錢買底片，所以去當鋪。我將母親為我作的銘仙綢和服裹在包袱巾裡，生平第一次揭起當鋪門簾時，感到莫名的罪惡感。為了籌措買底片的錢，我投件參加各種各樣的比賽，設法賺取五日圓、十日圓不等的獎金，也是在這時期。不過報名時我是用筆名，聯絡地址寫叔父家。

當〈啊——啊——〉刊登在《朝日相機》，我曾經拿給師傅看，天真地以為可以讓他滿意，但他卻面露相當嚴肅的表情，因為這種與相館攝影無關的作品，對他來說毫無意義。挑剔的前輩也沒有表示讚美，只有其他年輕的學徒覺得羨慕或為我高興。經過這次教訓，我後來都用筆名與叔父的地址參加徵件，不論有沒有入選，完全瞞著大家。

我的愛機安國（Ango）相機搭配的是達格爾（Dagor）135mm、f6.8鏡頭，現在即使是一般最普通的相機，鏡頭至少是f3.8，再暗也有f4.5，現在如果還有相機搭配最大光圈f6.8的鏡頭，恐怕連一台都賣不掉吧。而且Ango相機本身的構造相當複雜，難以駕馭。對焦當然不是連動測距式，只能調整對焦屏或憑目測。如果要看對焦屏的話，首先要將快門速度調到最慢，打開鏡頭，然後凝視對焦屏對焦，對焦後再關閉快門，調節成預期的速度，再將快門捲起，調整鏡頭光圈，然後插入後蓋板，拉起拉蓋，最後按下快門，這就是完整的過程。

動態的抓拍，絕不可能讓人慢慢調整，所以必須習慣目測。像新聞攝影師擅長左手持相機對準拍攝物，邊用右手轉動刻度調節鏡頭，不管隔著幾英尺都能準確對焦。如果使用Ango相機或是摺疊相機的話根本做不到，遑論達成任務。

我也展開了這方面的練習。首先用Ango相機附的135mm鏡頭縱向拍攝，從鏡頭到對方的臉隔著不同距離，觀察站著的人在多遠的地方能全身入鏡，經實際測量後得到七英尺的平均值。接下來我練習目測掌握七英尺的距離，譬如當我以房間角落的柱子為目標前進，走到可能的位置就停下來，透過鏡頭觀察。當然這時相機的鏡頭是打開的，各項條件也調到符合七英尺。如果對焦屏正中央的柱子對焦清晰，就表示我估計的位置的確是七英尺。如果影像稍嫌模糊，往前移一點就能改善，表示我的目測結果比實際上遠；要是後退一點剛剛好，表示剛才太過靠近。經過無數次反覆嘗試，最後只要以角落的柱子為目標，不論從房間哪個方向移動，我停下來的位置往往正好就是七英尺。

接下來我試著以牆上的月曆為目標，順利達成後又試著挑戰窗框。白天光線從窗外投射進來而逆光、夜裡因室內燈光照射而順光，我發現這兩種情形都會大幅影響目測的準確度。當窗框也沒問題，我又開始把屋外的電線杆當成練習對象，建立了幾乎可以百發百中的自信。就像音樂領域有所謂的絕對音感，無論面對什麼樣的對象與狀況，我都能掌握七英尺的距離感，也就是肉眼已成為直覺的測距儀。

在那樣的當下，我的腦海除了七英尺的距離以外，其餘空白。譬如出公差外出時，我走在路上，有名身穿披風外套的陌生男子迎面而來。當他距離越來越近的某一瞬間，我意識到「就是現在」忽然停下來。這時兩人的距離正好是七英尺。那位穿披風外套的男子發現有個怪人忽然在面前停下來，面露訝異的表情從我身旁走過。

所謂將肉眼訓練成測距儀，這種機械般的直覺只要憑訓練，每個人都能建立，而且不必配合鏡頭的各種距離刻度。譬如拍攝站立者全身，縱向取景隔七英尺，橫向取景隔十二英尺，如果拍攝半身，縱向取景隔三英尺，橫向取景隔五英尺，只要能掌握五、六種基本的平均距離，實際拍攝時就足以派上用場。而且如果肉眼就能成為測距儀，接下來只要讓調節鏡頭刻度的手腕與手指，與目測的結果同步即可。譬如以七英尺的距離，手腕要彎到什麼程度，食指又要撥到哪裡，轉動鏡頭一再確認刻度，掌握到自然習慣就不成問題，連坐著都能拍。

我利用各種零碎時間，花了兩個月終於將自己訓練成測距儀。由於經歷過這段磨練，我從一開始就沒有對焦失敗過。

然而並不是目測沒失誤，就一定能拍出適當的照片。譬如以七英尺的距離拍攝站立者的全身，以為應該不會切到對方的頭或腳，但實際上並非如此，因為相機很難保持穩定。由於相機又大又重，在按快門的瞬間很容易不小心讓相機過於上傾或下垂，相機很難控制自如。也因此我覺悟到，相機的操作不是只顧細節，也必須以全身掌握。

在晚飯結束與夜間工作時段之間還有約一小時的「飯後休息」時間。這個時段我用來練習如何用全身掌控相機。晚餐一結束，我就立刻帶著Ango相機去三樓的攝影室，從這裡可以遠眺上野廣小路附近的霓虹燈。在風月堂的後方，高高聳立著「獅王牙膏」的廣告塔，我把它當成練習拍攝的對象。

我面向「獅王牙膏」的廣告塔，雙腳呈外八字張開，這就是柔道中所謂「自然的狀態」。我以這樣的姿勢注視著「獅」字，將下垂雙手拿著的Ango相機緩緩舉到眼前，讓觀景窗對準左眼。我一開始的目標，是讓「獅」字準確地落在觀景窗上的細小十字交叉點。我只要雙手平均地拿起相機，慢慢地舉到眼前即可。這種方法比較簡單，最後我每次都能掌握成功。

接下來我將相機舉到眼前的速度漸漸加快，最後即使快到迅雷不及掩耳，廣告塔的「獅」字依然可以準確地停在十字交叉點。不過，如果只注視觀景窗當然沒問題，一旦要用右手按快門，就不可能兩手平均支撐相機。相機的所有重量會落在左手，而且為了將右手食指按快門帶來的衝擊減至最低，我發現右手也必須輕輕從旁扶著相機。也就是說，為了穩穩地用左手拿相機、右手按快門，必須時常練習輕巧把玩的動作。

如果想只憑左手自由地確實操作龐大沉重的Ango相機，還需要某種程度的臂力。所以我以左手拿著Ango相機，進行上下、前後、左右的擺動。這倒比較像是未雨綢繆的體能訓練。經過連續兩、三天的左手訓練，Ango相機竟然變得輕盈許多。我的臂力不可能在短時間內忽然變強，應該是我的左手習慣了Ango相機的重量。

正如同耍雜技的人無論怎樣上下左右移轉盤子，都不會脫離他的手心，或是像籃球不會從球員朝下的手掌墜落，最好這個四方形的黑色箱型相機能夠成為我左手的延伸，那樣是最理想的。這也可以憑練習達成。到最後我可以完全忽略Ango相機的體積與重量，迅速地舉到眼前，讓「獅」字剛剛好落在十字的焦點。

不過當相機舉到眼前的瞬間，由於反作用力使相機產生輕微的晃動，這時如果直接按快門，不無失焦的可能。因此我一直在想如何才能避免晃動。

我所摸索出來的方法，說穿了也就是「捨近求遠」。譬如在拍攝時，將左手提著的相機從最短距離——也就是直線地從下方忽然舉到眼前，震動得最厲害，既然如此，那我就完全相反，嘗試以最長距離移動。也就是彷彿打算畫圓弧般，將相機往前、往上移再拉近到眼前。姑且不管動作有多誇張，相機震動的情形確實改善不少。得知這樣的情形後，我交替運用最短距離與最長距離的方法，藉由反覆剛開始緩慢，後來漸漸加快速度，結合這兩種完全相反的方式，找到最好的一種方法。藉由這種「捨近求遠」的訓練結果，我得到的結論是：

不要迅速地將相機舉到眼前，要先提到稍微高於眼睛的位置，再迅速下移是最有效的。也就是彷彿畫拋物線般，藉由反作用力將相機拉近到眼前的位置。

這種拉近的方法，也必須先經過「捨近求遠」法的訓練。也就是將拿著相機的左手肘盡量向外移，以及與自己的身體靠近這兩種相反的過程。藉由反覆交替這兩種相反的方式，融匯成一種方法。那就是左手肘向內抵住乳突處的同時，彷彿要挪到腋下般貼緊。同時，扶著相機的右手也照同樣的要領夾緊即可。

當我將相機擺橫時可以「保持水平」，縱向取景時可以「保持垂直」，當我展開這樣的訓練後，更加證實了這種方法的正確度。如果想縱向拍攝，右手為了按快門必須繞過機身，相機的全部重量勢必會落在左手。這時手肘懸空的拿法，無法支撐相機的全部重量，也不能確保安全與準確度。由此可知，兩肘向左右打開的相機拿法在初學者中相當常見，卻絕不是正確的姿勢。

按快門的方法也一樣，如果用右手食指直接按下快門，很容易使相機震動。要像扣槍枝扳機一樣，以食指指腹輕輕壓下，中間停頓片刻暫時停止呼吸，接下來與其說是按快門，不如說是讓指腹自然地落下，降落的瞬間，再注意讓手指輕輕地向上提。不需要將快門鍵使勁按到底，用力按不會達到理想的效果。這種按快門的要領必須持續訓練，直到內化成為反射動作為止。為什麼呢？這樣一旦發現合適的拍攝目標，才不會因過於投入而使勁按快門。

也就是讓相機構造與人合而為一，在無意識間實踐正確的方法。就像養成習慣在按下快門後立刻提起快門、捲片、拉出底片襯紙，也是同樣的道理。為了能立刻拍攝下一張照片，避免重複曝光，平常就要養成正確的習慣。

因此我以「獅王牙膏」廣告塔的「獅」字為目標，讓相機保持平衡、注視觀景窗、按快門等一連串的動作成為一組，橫向取景按五百次、縱向取景按五百次，合計共一千次，趁著每天飯後的休息時間練習。也就是以彷彿正式拍攝般的心情，每天空按一千次快門。就這樣練習了兩個多月，我完全掌握到按快門的技巧。

另外還有一個棘手的問題，就是相機龐大又笨重，我總覺得操作不靈活，無法隨心所欲。本來初學者一下子就要使用Ango相機，有些勉強，不過這畢竟是我好不容易向叔父借來的。當我認真思索要如何駕馭這台相機，忽然想起家鄉扛米俵的人。

我的老家在山形縣酒田港，當地自古以來就是著名的庄內米集散地。貯藏庄內米最大的倉庫叫做「山居」，我以前經常一個人去山居玩。在河岸旁有十幾棟白色的糧倉，看到這些建築並排的樣子，讓兒時的我覺得非常氣派。光是眺望著眼前的景觀，就覺得蘊含某種動態的力量，讓我覺得很愉快。

不論什麼時候去山居，都會看到搬運工將米俵從船隻搬運到倉庫。在有如螞蟻般扛著米俵的搬運工當中，也有不少女性。她們讓太陽曬黑的臉與矯健的體態，跟男性沒有太大差別，不過只要以手拭巾包覆著頭，就表示是女性。而且其中有一名引人注目的美女。她的膚色白皙，頭巾下瞳彩鮮明的眼睛很溫柔。我彷彿看不膩似的，一直盯著她的眼睛。或許是因為爸爸跟媽媽都遠赴北海道工作，長年把我託付給奶奶，或許那名女子的某種特質，讓我聯想起媽媽。

當她踏上運米的船隻，左手托在米俵下，右手持長鉤將它提起，身體往前屈再一轉身，米俵就扛到左肩上了。她扛著米俵，快步走過踏板，重重地踩在地面，輕快地消失在米倉中。她就這樣重複來回幾十趟。那位美麗的女子扛著沉重的米袋，就像在我們肩上擺枕頭般輕盈，我總覺得不可思議。當然其他的女人與男人也是如此。大家都以同樣的方式擔起米俵，踩著踏板往倉庫移動。

後來忘了在什麼時候，我的爺爺奶奶提到住在山中的女性腰力很好。她們不是藉由臂力扛起米俵，運用腰部的力量或許也是祕訣之一。雖然當時的話題有些猥褻，但當時還是孩子的我，得知那位美女並沒有異於常人的力氣，覺得莫名心安。

當我為了Ango相機的體積與重量深感困擾，想起了扛米俵的人。於是我領悟到，即使相機又大又重，最後還是回歸到掌握訣竅。即使不特別用力，不經過繁複的思考，最重要的是只需輕輕地確實操作，直到熟悉相機為止，最後將會達到人機合一的境界。

最後只剩下掌握快門時機的練習。

記得是在十月底的事，這時難得進入結婚旺季，相館的生意變得很忙。但此時我決定要辭職，因為經過一個多月的私下聯繫，我決定為專門提供新聞攝影的通訊社工作。但是「師傅」無論如何都不允許。雖然只是口頭上的約定，但我原本答應要當五年學徒，這時才過了兩年半。師傅甚至動怒說，如果你現在那麼想辭職，那就賠償包括伙食費在內的一切費用。

在我靠關係想進相館工作時，師母也曾善解人意地幫我說情：「你就讓他試試看吧」，當時師傅對著師母與我吼道：「什麼叫試試，既然決定要學就該堅持到底。」師傅是自明治時期以來的相館攝影名家，德高望重。我戰戰兢兢地跪在令人畏懼的師傅前，提出想辭職的念頭就挨罵，只好垂頭喪氣地退回工作間，拿起修片的鉛筆。

通訊社寄來催促到職的快捷郵件與電報，他們會錄取我也是因為有急於完成的工作，否則不可能招募多餘的人力吧。我苦惱地想著——世界上有所謂的機會之神，在人的一生中幾乎只會像風似地造訪一次，而後又像風一樣消失。祂只有在頭的正面有頭髮，後腦杓是光禿禿的一片圓。所以當祂飛來的時候必須儘快抓住前方的頭髮，從後方是無法逮住祂的。能不能抓住祂，攸關這個人一生的幸福——我好像是在繪本之類的讀物上看到這些。

我認真思考。現在不正是我生命中，機會之神僅此一次的造訪時刻嗎？顧及過去與未來，我只能這樣想。如果我不把握這次的機會，將錯失此生成為紀實攝影師的可能，現在就是決定的時機……我決心要把握機會。如果師傅不可能同意，我只好擅自離開這裡。

當天夜裡，我悄悄地將身邊的物品及讀到一半的書，放進附蓋的籐籃中，打包成一小件行李。其他年輕學徒對於我的狀況感到同情，願意提供協助。經常刁難我的前輩雖然知道一切，也採取默認的態度。我不知道他內心真正的想法，唯一可以確定的是，眼前這個讓他覺得礙眼的人即將消失。第二天早晨，趁著師傅一家在屋子後方吃早餐，我佯裝若無其事的表情走出去。當我在窗戶下等待時，方形籐籃悄悄地從樓上降下來。我挾著籐籃，以眼神表情向大家告別後，一路奔向火車站。

雖然從以前就聽過所謂的連夜脫逃，卻很少聽過晨間出走。現在回想起來已經變成笑話，但當時我下了拚死的決心。既然我早上擅自離開，到了下午還沒回去，自然大家都曉得是怎麼一回事，師傅更是勃然大怒。既然明知道我要逃走，卻依然坐視不管，那位經常刁難我的前輩與其他年輕學徒都受到師傅嚴厲的指責，而我也被「逐出師門」。後來我的母親登門道歉，仍無法取回我的衣物與其他物品。過去每月從零用錢扣除的儲蓄金存摺也被沒收，師母試著調停也沒用。換句話說，這些全都當作違約的賠償。當時我二十六歲。

後來在戰爭結束前師傅就過世了，報紙上有刊出簡短的消息。到了戰後，師母也過世了，這是攝影界的朋友告訴我的。自從那個十月底的早晨以來，我再也沒有見過師傅或師母，也沒遇過相館其他學徒。有時我會想起大家，不知道他們現在在做什麼……

生與死

—死ぬことと生きること—

人都會死。無論如何到了最後，總有一天遲早會死。

雖說是遲早，其實並沒有很遙遠。即使最樂觀估計也不會超過一百年。如果減去我們存活至今的歲月，餘生恐怕不到五十年。

不過，對於自己終將會死的事實，人們通常完全遺忘，只是繼續過日子。深信只要今天還活著，就表示明天將會繼續活著；如果今年還活著，就表示明年也將繼續活著，對此並無疑慮。

當然對大部分的人來說，只要今天活著，明天應該也還活著，只要今年活著，明年也應該繼續活著。然而這只是一廂情願的想法，沒有任何保證。如果遭到質疑「你真的確定嗎？」一般人都會驀然心驚吧。如果要求客觀的保證，只有像天年、壽命這類統計學數字的可能性。過去日本人有「人生五十年」之說，現在平均壽命據說延長到六十幾歲，但並不是每個人都能享盡天年。

根據警視廳前的告示塔，昭和三十一年十月二十七日，東京都內的交通事故導致四人死亡，四十三人受傷。光是十月二十七日這天，在廣大的東京都某處就有四人悲慘地斷送生命。在受傷的四十三人中，或許有一到兩人送至醫院後搶救不治而喪命。未能壽終正寢的死法，不限於交通事故。同樣在十月二十七日的黎明，板橋某間乾洗店發生火災，在二樓約八張榻榻米大的房間裡睡著六名員工，其中有三人分別是十六、十八、二十一歲，他們來不及逃出被燒死了。根據新聞報導，其餘三人全身都有嚴重灼傷，一名正值二十五歲的員工性命垂危。也就是說，光是在十月二十七日這一天，至少有七人在東京意外死去。這七個人的死並不是出於自願，而是當事人在出乎意料的情況下，面臨死亡降臨。

當然人類當中也有相反的特例，彷彿怎麼樣也不會死，我自己也曾經有過一、兩次體驗，不禁訝異於生命的頑強。但問題不在於我們是否有強韌的生命力，而是在於生命的脆弱、死亡的不確定性。身而為人，不知何時將以何種方式意外死去。

我平常會睡到十點、十一點才起床，當孩子要出門遠足的日子，卻總是會自動早點起來，目送著小孩出門，等到傍晚回來才能夠真正安心。看到孩子平安回來終於如釋重負，所有父母應該都體驗過這種忐忑不安的心情。如果只在遠足時感到不安，沒什麼意義。孩子每天早上去學校，也同樣令人擔心。遠足或畢業旅行雖令人不安，但每天上學時的人身安全又有什麼保障？

某個夏天的午後，我去雜誌社洽談攝影工作。前後跑了兩間，黃昏回到家，出門時在玄關目送我的小孩，這時正躺在屋後三張榻榻米大的房間裡，臉上覆蓋著白布。他枕邊有線香的煙繚繞，白布下的臉彷彿陷入沉睡。但是不管怎麼叫喚，那雙眼睛都不會再張開了。還有他每次看到我的臉就會笑，以後卻再也看不到他的微笑了。絕對的死，籠罩著那孩子的全身。作夢也想不到的嚴肅事實就在眼前。「買吉普車給我……」幾個小時前，他才撒嬌要我買玩具車，這個聲音明明還殘留在耳邊。

這樣的事實，孩子的母親也同樣難以接受，因為他說要跟朋友去捉蜻蜓，所以幫他換上了剛洗好的白色鋪棉長衣。就在十五分鐘後，那件白色鋪棉長衣跟綠藻糾結在一起，沉入消防蓄水池。就在那孩子悄悄地墜入蓄水池的剎那，他的母親在家中正準備切西瓜給他吃，他的父親為了微不足道的工作，正朝與回家路線相反的路途疾行——恰巧就在三年前，他的祖母沒料到可愛的孫子竟然會溺死在這裡，還跟著附近鄰里居民一起辛勤地運土，協助消防蓄水池的完成。

如果有人說：人不會那麼容易死去，我一點都不相信。無涉於人的善意與愛，死亡會突然毫不留情地來襲。我們每天走在街上，不知有多少次因為身旁呼嘯而過的卡車、計程車飽受驚嚇。站在月台上，每當電車疾馳入站颳起強勁的氣流，不知有多少次為此感到頭暈目眩。也就是說，死亡在日常生活中離我們近在咫尺，不斷從身旁劃過。死與生相鄰，近到幾乎彼此觸碰。是生或死，兩者之間只有一個嚴肅的答案，取決於我們活著的每一瞬間。

生與死都是絕對的，因為那是事實。脫離命運這種形而上的思考，它不僅是事實而且具有絕對性，決定人存在與否；不僅依附於生死決定性的瞬間，也成立於由日常生活一切構成的連鎖。所謂真相，也不過是從歷史、社會的角度所見的一連串事實。

我之所以對攝影堅守紀實主義的立場，也是對決定人類存在的事實及其絕對性表示歸依。而且就相機本身來說，它不僅可作為事實敏銳的記錄儀，反過來也是絕不寬貸的測謊機。攝影為自己與他人的存在，提供確切證據。如果真正的志向在於形而上的思考，我們應該拋棄相機，提筆書寫或是拿起畫筆才對。而我本身所追尋的事物無法以文字或繪畫表達，因此選擇相機，達成紀實主義攝影，並試圖向世界告白。

明成園

在明成園的保姆中，有兩位是受戰火殃及的軍人遺孀，還有兩位是「原爆少女」，她們都是戰爭的犧牲者。這兩位原爆少女有感於自身的痛苦經驗，因此選擇照顧同為身心障礙者的盲童，從中找到生存的意義。這樣的安排，用意在於讓不幸的人鼓勵同樣不幸的人，自己也將獲得鼓舞，院方所選的女性也明瞭這其中的用意。我不僅從這種「盲童與原爆少女」的關係中，看到人性之美，也試圖記錄社會之惡所孕育族群的生存樣貌。屬於社會福利機構的盲童育幼院並不是廣島才有，但我對於拍攝明成園特別熱衷，或許也出於這個原因。

然而一旦試著將攝影付諸實行，盲童姑且不說，兩位擔任保姆的原爆少女怎樣都無法拍攝出我想表現的畫面。我去了一趟、兩趟、三趟，還是無法如預期拍攝。因為她們一直試圖遮蔽臉部與手腳上的蟹足腫。不過與其說她們想掩蓋，不如說是無意識的自然動作，絕不想讓浮現蟹足腫的臉蛋、胳臂與手腳直接暴露在鏡頭前。我只能將拍攝目標集中在盲童們，無論先天或後天導致眼盲，這些孩子都是因戰爭、無知與貧困等「社會之惡」所造成的犧牲者。而原本想讓原爆少女跟孩子們一起入鏡的構想，已在拍攝過程放棄。

她們不想讓人看到、試圖隱藏的蟹足腫，幾乎是照片上唯一可以證明自己是「原爆少女」的視覺要素，只要這項特徵沒有明確地呈現在照片上，幾乎看不出來她們跟其他保姆有什麼差別。難道因為這樣，我就可以要求她們「更清楚地露出疤痕」「別遮掩、別低頭」？那豈不是刻意揭露他人舊傷，缺乏同情心的表現嗎？如果我提出這樣的要求，她們將會察覺到自己無意識地在掩飾傷疤，也等於直接提醒當事人：妳們由於肉體上的缺陷帶來自卑感，以至於養成這樣的習慣。

攝影師真的有這樣的權力，只為了自己想拍的照片，就這樣傷害拍攝對象嗎？而且對方是出於好意才答應入鏡。她們可不是為了成為我的模特兒，才讓身上浮現一生都不會消失的蟹足腫；醫學用語則相當傳神地稱之為「瘢痕疙瘩」。除非當事人主動表現相當積極的態度或提出要求，希望將「疙瘩」般的「瘢痕」鮮明地記錄下來，試圖向社會控訴核爆的不人道與殘酷，否則我應該避免刻意去拍攝她們。

如果不讓她們發現，趁少女們不注意的時候拍攝也不是不可能。當然只要想拍，就沒有拍不成的道理，平常熟練的抓拍技術在這樣的時刻正好派上用場。但是以偷拍的方式明顯呈現出對方不願示人、想要遮蔽的部位，這樣的行為似乎正透露出攝影師以自我為中心，趨向功利主義的本質，將令我唾棄自己。還有一種思考方式，認為如果有必要的話，可以不顧對方的不快與困擾繼續拍攝，那雖不是攝影師個人的功利主義，卻大義凜然揮舞著為揭發社會黑暗面的「正當性」。就像自古以來有這樣的說法：為了顧全大局不得不有所取捨，這兩者的邏輯很相似，但我們也必須站在被犧牲者的立場思考。就像有所謂「犧牲小我，完成大我」的說法，但是人權最基本的意義，就是連單獨一個人的人權都不可忽視，毋寧說能夠尊重個人的人權，才是人權真正的意義所在。

這也意味著我應該設身處地，為有所顧忌的拍攝對象思考。要是發揮同理心，自然不會出手。如果還刻意去拍，就表示沒有為對方著想。

然而不論理由為何，對攝影師來說往往只有拍或不拍這兩種選擇。選擇不拍意味著失敗，也等於不稱職。既然如此，即使會傷害對方的感情，還是要拍嗎？該使出「為保護重要事物而有所取捨」的手段嗎？在此我不禁感受到攝影師職責與人性之間的衝突。如果說「人性」太過沉重，或許也可以改為「人情」。那麼，所謂的攝影師精神是否脫離不了冷酷無情？我始終感到迷惘。究竟有沒有方法將這兩者毫無矛盾地合而為一？我至今依然沒有答案。

不畏低潮

—スランプを恐れないこと—

低潮具有週期性

如果連本人都意識到自己處於低迷的狀態，那很明顯正值低潮。或即使當事人沒有察覺，也可能處於低潮。若有人指出你現在不太振作，恐怕對方所說的是事實。

當好不容易獲得想望已久的相機，這時初學者對攝影正滿懷熱情，所謂的低潮是不存在的。所謂的低潮不會單獨存在，而是像波谷般在高峰之間持續出現。所以會在開始攝影後一年半到三年間浮現。低潮就像波峰與波谷般，在人的一生中週期性出現。以這層意義來說，或許類似夫妻之間的婚姻倦怠期。

才剛結婚不久，新婚一、兩個月的夫妻沒有所謂倦怠期。隨著彼此相愛的炙熱情感逐漸轉淡，過沒多久，隨著一件件瑣事證明過去的熱情已逝，當事人察覺到自己正值婚姻倦怠期。這種情形其實與攝影師的低潮極其相似。

也就是說，低潮與狂熱的忘我狀態相反，是種言語難以形容，欲振乏力，無精打采的狀態。低潮令人難受，而且很寂寞。察覺到自己身陷低潮的人，一定想早日脫離這種痛苦的處境。正如「想要重返過去」的說法，多想回到兩、三年前甚或五、六年前創作欲豐沛的時期。

低潮最明顯的特徵，就是對目標喪失新鮮感。就像終於得到期待已久的第一台相機時，當天晚上甚至興奮得睡不著；雖然猶記得當時的心情，但是現在這台布滿指紋並折舊的愛機，已無法帶來同樣的感受。在剛開始拍照時，按快門的聲音充滿難以言喻的喜悅，現在只覺得無濟於事。過去慢慢地拍完一卷底片，在過程中摸索究竟該怎麼拍，試著熟悉對焦與色調等每一項環節，帶來學攝影的成就感。現在只要按快門就能拍出照片，攝影卻已變得索然無味。

參加雜誌的每月評選，先經歷無數次落選，後來終於接獲入選通知時，喜不自勝高興得像飛上天，得意不已。現在不論是入選或落選，好像既不特別感動也不怎麼沮喪，對各種事情已經不像過去那麼感受鮮明，不再感動、憤慨或得意。

而最令人痛苦的，應該是拍不出好照片吧。因此我從來沒想過要放棄攝影。就像結縭已久，熟透了卻也難以仳離的老婆；即使失去新鮮的魅力，也不再感到悸動，也無法放棄攝影。不，更應該說想拍好照片的心情不同於以往，甚至更為熾烈。這種企圖與野心有別於過去單純的熱情，盤據著心與腦。這只能說是一種隱性的執著。

自覺處於低潮的人，或許正苦於這種陷入泥淖般的狀態。

為了突破困境

那麼，究竟該如何突破困境？簡單說，方法就是「接受必要的刺激」。只能追求前所未有、新奇的刺激。也就是為了持續燃燒內在的攝影熱情，補充新的能量，除此之外別無他法。

那麼新的刺激將從何尋求？首先必須客觀地審視自己低潮的狀態、導致低潮的原因。即使一、兩個月不拍照也沒關係，但是要檢討究竟為什麼陷入低潮。或是與朋友見面，聆聽對方真誠的意見，也是個方法。

以形式來看，低潮可以分成以下三種：

一、因自己的思想枯竭

二、受限於自己的技術

三、由於這兩者不協調所致

如果完全不想拍照，或是抱怨沒有值得拍攝的目標，首先應該是自己思想的停滯與枯竭所導致。

突破這種困境的方法，無疑就是從自身內在培養對時代、社會、人類新的看法。因此哲學也好，文學也好，不妨試著常讀這類書籍，或是去聽評論家或作家的演講、閱讀文章，接觸開啟新視野的靈感。這些言論或文字，必須選擇引領時代潮流、富前瞻性的作品。一言以蔽之，就是「必須閱讀及聆聽有挑戰性的內容」。透過所謂的暢銷書、通俗與容易讀的作品，難以有所斬獲。

對於第二點「不知道該怎麼拍才好」，在表現技術方面的瓶頸，又該如何面對？首先可以藉由欣賞優秀的攝影作品，漸漸改進本身的技術，獲得靈感。但問題是好的攝影作品很罕見。即使翻閱每月上市的多本攝影雜誌，恐怕也找不到具有啟發性的照片，足以帶來靈感。

陷入低潮時，無論欣賞什麼樣的照片都不會帶來感動，只會覺得無聊。也或許正好相反，每一張看起來都是自己無法企及的作品。所以光是欣賞好的照片，多半還是無法解決問題。更何況即使是現在攝影雜誌的扉頁照片，絕不能說常出現高水準的作品。若參考國外的攝影年鑑或攝影集也可以，但是仍不容易找到好照片。以這層意義來說，或許欣賞繪畫更好吧。

繪畫是比較接近攝影的二次元藝術。相較於欣賞照片，欣賞繪畫往往更能帶來更新更強烈的刺激。不過繪畫也不是什麼畫都可以。像這樣會帶來正面刺激的畫，出了像東京、大阪、倉敷等有重要美術館的城市，恐怕不容易看到。像《水彩畫》《美術手帖》《藝術新潮》等美術雜誌雖不是沒有，但是想透過把畫作縮得小小的印刷品，獲得引發自我改革的深層刺激，恐怕很困難吧。還是要欣賞原畫，也就是油畫的真跡才有效。所以即使對於住在其他地區的人有些勉強，還是要親自前往東京、大阪與倉敷。

就這點來看，最有效也比較有可行性的方法，或許是聆聽好音樂吧。如果可能的話，偶爾去聽傑出音樂家的演奏會。不過藉由黑膠唱片，也可以欣賞世界一流的演奏會。音樂完全不同於攝影所屬的造型藝術，是抽象的藝術形態。隨著我們聆聽的方式將產生難以預料的效果，也將帶來啟發。至少不會像欣賞好的攝影作品一樣，最後只是陷入模仿。以這層意義來說，音樂應該是最理想的。

不過聽音樂時也要盡可能選難懂的音樂，也就是真正的現代音樂。像流行歌曲、爵士樂、鄉村搖滾等純屬娛樂性，聽起來很輕鬆的音樂沒什麼用。

對於像這樣的繪畫或音樂，並不是只為了純粹欣賞。不是為了培養對這類藝術作品的鑑賞力，而是為自己持續煩惱的攝影課題尋找答案，作為增廣眼界的手段。藉此作為對象、掌握對象，並獲得靈感。如果純粹只是鑑賞，繪畫或音樂對於脫離攝影技術困境的幫助有限。既然希望達到效果，重要的是欣賞高明的繪畫或音樂。

如果是第三種低潮，由於思想與技術這兩者的停滯所造成，就必須融合脫離上述兩種困境的方法。

如何度過輕度低潮

總之，低潮是因為自身對攝影的熱情衰減或枯竭。如上述閱讀或欣賞藝術，藉以深化自身的思想內容、在技術層面重拾新鮮感，將持續引發對攝影內容與技術上的熱情。與其說是為了避免陷入低潮，不如說是想把落差減到最小，因此在生活周遭下工夫，持續為自己帶來刺激。必須吸引一些人留在自己身邊，像是經常提出中肯建議的前輩、不可忽視的競爭對手，以及不論作品是好是壞，都能直言不談論的朋友。

而最根本的關鍵在於維持自身的熱情，要像彷彿剛得到相機般興奮，又像新婚的年輕夫妻。所以必須抱持野心，為自己賦予艱深的課題與使命感。這樣自然不會輕易地自我滿足，要追求困難、有企圖心的目標，建立攝影師的驕傲。

必須拍攝大量照片

—写真は沢山撮らなければならぬ—

我昨天為河出書房的雜誌《知性》準備刊登的照片，拍攝小說家井上靖。井上靖先生現在炙手可熱，幾乎抽不出時間，經過一延再延，終於安排在昨天下午三點到五點，共整整兩個小時配合攝影。刊登的頁數共四頁。雖然主題是「我的生活」，但是井上先生不喜歡在自己家拍攝，因此企劃改為「我的場所」，介紹在井上先生小說中出現的東京各類空間，總共選了東京車站、每日新聞社、赤坂離宮、日活國際飯店、銀座近藤書店這五個場所。

我準備了徠卡相機兩台，分別搭配FUJINON 35mm與CANON 100mm鏡頭，裝上Kodak Tri-X底片就出門了。如果在每個場所拍十張，總共會有五十張。因為帶了兩台徠卡相機，實際上能拍出約七十張照片，我覺得應該相當充裕。不過為了慎重起見，我還另外攜帶三卷底片備用。

後來井上先生的拍攝順利完成，只有日活國際飯店的部分因為時間不足，先行略過。這次攜帶的五卷底片全部都拍完了，一如往常。

所謂一如往常，就是儘管決定這個主題要拍兩卷底片，但我從來不曾這樣就拍完了，一定會拍完攜帶的所有底片。或許有人會說，既然這樣打算拍兩卷就只帶兩卷，是否就不必帶備用底片？但是考量到相機故障、底片出問題，發現預期之外的拍攝主題等因素，作為必須交出規定照片張數的專業攝影師，我不可能不帶備用底片。

大致上來說，我從以前就有拍攝過量的習慣。剛開始入行還在日本工房時，總編輯飯島實先生曾向我抱怨「土門君，你底片用太凶了。難道稍微節制一點，就拍不出好照片了嗎？」當時我反駁說：「美國《生活》雜誌的女攝影師瑪格麗特．伯克—懷特（Margaret Bourke-White）出差一星期，L尺寸照片（75×110mm）、120底片（56×56mm）、135底片（24×36mm）加起來總共拍了三千張。從這三千張當中精選十五到二十張照片再加以編輯，所以《生活》雜誌有那種水準，跟她相比，我拍的照片張數根本不算什麼。」飯島聽了也不甘示弱地說：「那是因為《生活》雜誌的發行量達到世界級，資本雄厚，如果日本的小出版社也效法他們，恐怕會立刻倒閉。」他說的確實沒錯，我只能哭喪著臉屈服於「日本的條件」。但是我拍攝過量的壞習慣，直到被開除為止始終沒改過來。當時因為用的是公司底片，拍再多也不心疼。以前我甚至不曉得一卷底片售價多少。35mm鏡頭我用Kodak Super-X底片，如果是勃朗寧相機則搭配AGFA ISOPAN ISS，或是Kodak Super-X、Kodak Panatomic。小西六（Konica）公司送來一打新產品Pan-F提供試用，我當時心想：這種底片哪能用？直接送進了垃圾桶，這件事我還記憶猶新。過去曾是這樣的年代，後來我曾經任職的日本工房與國際文化振興會都在二次世界大戰末期倒閉了，不過那可不是因為我用太多底片造成的。

自從成為獨立攝影工作者，事態完全不同。不論是底片、閃光燈泡或其他耗材，全都要自費購買。因為獲得的報酬，也就是攝影費有限，只有盡可能節約支出——也就是材料費，才能把錢留下。多拍一張照片不只是額外多消耗一張底片，也意味著將消耗比底片成本貴好幾倍的後續處理材料費，包括顯影液、定影液、水、連帶要用到的相紙、存放底片的Dayyot保護夾、保存箱等，以及處理的手續與時間，這是顯而易見的事實。

每到月底，水費、電費、賒帳的材料費帳單總令我太太苦惱，這問題始終周而復始。在我所居住的築地明石町，我家每月的水費僅次於澡堂「明石湯」。每個月繳納的電費相當於附近人家一年份的總額。每年二月，替我去國稅廳的太太總是極力辯解：我家的支出包含高額成本，真正賺得不多，但沒什麼用。最後她向我提出忠告：「材料費如果超過一定的金額，國稅局不會承認。你拍照一定要更精準，這樣才有辦法賺錢。」正好和我太太幾乎同時去國稅廳的三木淳，在回家的路上特地來告訴我「國稅廳的職員感嘆說：土門先生不懂得做生意，他的案件真令人傷腦筋。」

現在Kodak Tri-X的底片盒每卷一百呎，售價四千八百日圓，一盒可以分成十八卷底片。因為我每個月要完成的雜誌拍攝工作大概也只有三件，即使再加上我心血來潮時在街上的即興抓拍，照理說一個月十八卷底片應該相當充裕。如果每個月一百呎的底片一盒就夠用，那真是再好不過了。每次我去買底片時總是想著：這樣一盒應該夠這個月用吧？但是才過了一週，果然又用到只剩空殼。

過去德國有位偉大的報導攝影家馬丁・蒙卡西。他因為受納粹追緝而流亡至紐約。起初他也曾為《生活》雜誌拍攝照片，不過後來他多半以《哈潑時尚》（Harper's BAZAAR）等時尚雜誌的工作為主。有一次曼卡奇為當時美國最紅的女星克勞黛・考爾白（Claudette Colbert）拍攝她穿晚禮服的裝扮。他在她家的二樓等候，經過一陣等待，身穿晚禮服的考爾白出現，說「讓你久等了，請你開始拍攝吧。然而曼卡奇卻說「已經拍完了，真的很謝謝妳」，迅速離開。不用說，考爾白非常訝異。

其實當考爾白穿過庭院，走向曼卡奇所待的二樓時，他正好從二樓的陽台俯瞰，從上方以片幅4×5吋的德國Ango皮腔摺疊相機拍了一張照片。光憑這一張，他的攝影工作就完成了。當時考爾白正快步穿過庭園，晚禮服的白色裙襬在草坪上翻飛，後來《哈潑時尚》雜誌以一整頁的篇幅刊登這張生動的照片。那張照片後來成為時尚攝影史上富劃時代意義的作品，曼卡奇獨樹一幟的拍攝方式也相當出名。

這段軼事曾令我深受感動，我希望自己也能像他那樣拍攝。喀嚓，就拍一張，這實在太理想了。當時曼卡奇是我的偶像。但我依然沒什麼改變，無法擺脫自己又一張、再一張、不夠敏銳、死纏爛打的拍攝方式。直到今天，我對曼卡奇的方法論依然無法融會貫通。

那些因為雜誌專訪而接受拍攝的文化界人士，都對我莫可奈何，「土門君的攝影很麻煩」「實在太耗時間」，我對這類風評也已經習以為常。其中甚至出現像梅原龍三郎這樣猛砸藤椅的人，我已變成一個惹人厭的傢伙。至少在我成為紀實主義攝影師之前，確實如此。如今我已揚棄刻意面對鏡頭擺姿勢的拍攝方式，應該不像以前那麼折磨文化界人士了，但我所拍攝的張數卻有增無減。

我在街上經常目睹這樣的一幕：攝影業餘愛好者只隨手抓拍一張照片，就迅速離開。我看了心想，這樣沒問題嗎？他們在攝影會等場合，對一個主題也只匆匆拍一張照片，就立刻轉向下一個目標。我心想，還真有自信啊。

專業攝影師拍的張數其實很多。對於一個主題會貫徹到底，一張接一張地拍攝。如果拍攝主題的狀態改變，就拍到不能再拍，或是連拍照都已失去意義為止，只要還有底片就不會輕易鬆手。而且不是只有我，木村伊兵衛也是如此。還有像三木淳、大竹省二、石井彰、三堀家義、田沼武能、佐伯義勝、朝倉隆等，就我所知，這些年輕攝影師也都奉行這個原則。而且不限於受雜誌委託時才多拍，即使只是一時興起，偏趣味性的拍攝亦同。

為什麼需要額外多拍

萬一光線太暗、拍攝目標的狀態不佳時，難免會擔心曝光不足、因手震而畫面模糊等情形，為了謹慎起見，自然而然會多拍幾張。我想每個人都有這樣的經驗。或是正好相反，當拍攝主題狀況極佳，拍攝的人抱持著一定會拍出好照片的自信，這時彷彿陶醉在快門聲中，一張接一張地拍下去也不無可能。我想這也是大家共通的經驗。不過反而是業餘愛好者出乎意料地保守。大部分的人只按一次快門就拍完了。這些人是否因為經驗不足，究竟連有沒有拍攝成功都不曉得，所以處之泰然，還是因為有十足的自信？我實在不明白。

我在拍攝不順利時會多拍，很順利時還是會多拍。一旦開始按快門，就不自覺想拍到滿意為止。在拍攝過程，我不僅獲得精神上的充實，也感受到快感。尤其當拍攝主題的狀況不佳，或是拍攝對象的心情不佳，我會緊繃到接近亢奮的程度。我的徒弟曾告訴我，在這樣的時刻我會頻頻舔嘴唇，或許是因為心情太激動，嘴唇也變乾了，所以我會無意識地舔嘴唇。這時不管天氣是寒冷或炎熱，或是肚子餓、正在憋尿……全都忘得一乾二淨。當然像原本打算要省著用底片，這時也拋到腦後。我想其他專業攝影師應該也跟我一樣吧。

所以業餘愛好者與專業攝影師在姿態上的差異，首先會表現在拍照的方式上。也就是說，業餘愛好者對於一個主題只拍一張，專業攝影師則會拍很多張。

電影《十二名攝影師》上映時，似乎也有這樣的情節，總之業餘愛好者第一次見識到專業攝影師的拍照方式，似乎訝異於我們出手之快，以及一張接一張頻頻連續按快門。先是驚訝、喜悅、發笑，最後又有些輕蔑。換句話說，如果對一個主題可以重複拍那麼多張照片，其中至少會有一張比較成功，這豈不是理所當然的嗎？專業攝影師只不過是實踐這個道理。既然這樣，如果各位業餘愛好者也想拍出好作品，就要達到不遜於專業攝影師的拍攝數量。只要大量拍攝，至少偶然間會有一張滿意的照片——這個法則也將嘉惠諸位業餘攝影師。對於選定的主題更執著，心有不甘，拍到滿意為止。

我徒弟臼井薰的作品〈街角〉，就是他鍥而不捨地跟拍推著嬰兒車的拾荒老人，最後所獲得的成果。雖然可惜的是，拍攝老人認真的模樣還差一點點，稍嫌不足，不過他以拾荒老人為題，從遠近不同角度拍攝五張作品，的確是憑執著贏得勝利。

東洋介的〈路旁〉是幅很美的作品，不過以布滿白灰的石牆與雜草為主題，其實還有更多發揮空間。不論或遠或近，他拿相機時如果可以更貼緊石牆，就不會拍出這麼一本正經的照片，而會是更現代、富有人文意涵的風景攝影。

佐藤銀次郎的〈冬晴〉則明顯對拍攝主題下的功夫不夠。面對在美麗雪國的母子，竟然只拍了一張就收手了，未免太可惜。像我們其他攝影師看到這張照片實在替他著急。佐藤君受到橋、河灘等背景吸引，但其實就算沒有背景、空無一物，那對母子也是很精彩的拍攝目標。他應該窮追不捨，一直拍到兩人走入澡堂暖簾後。如果是我的話，首先應該會拍個二十張，分別使用標準、廣角、望遠三種鏡頭，沒拍到二十張不會善罷干休。直到那對母子消失在澡堂暖簾後，想拍都拍不到為止——即使照這樣的拍法，前後大概也只要五分鐘。如果這樣還覺得不夠，那就在外面等候兩人洗完澡，揭開暖簾走出門口。趁著揭起暖簾的瞬間，捕捉接下來的第一張，然後跟拍洗完澡後顯得更清麗的母子倆，一直拍到兩人走上背景中的橋。

專業攝影師為了拍照賭上自己的人生。如果是專業人士，絕不可能「雖然拍了，但是看起來不明顯」或「拍不出好照片」。只要與攝影有關，即使想逃避也無法真正脫離。正因為如此，對於想拍攝的目標必須堅持到底。即使覺得已經拍到了，還要拍更多張，就算自認有滿意的作品，還是要繼續。要不斷追求突破。這種不屈不撓的狂熱跟賭徒有點類似。所謂的專業攝影師，也就是以照片向人生與社會一決勝負。

就一張照片來說，其實無所謂業餘與專業的區別。如果各位業餘愛好者真的想拍出好照片，只能接納專業攝影師的方法論。首先就從大量拍攝開始。我對各位業餘愛好者首先想提出的建議，就是緊緊抓住一個主題，不計數量地多拍。

既然如此，那前面提到的馬丁·蒙卡西又是怎麼回事？還有亨利·卡提耶—布列松的

「決定性瞬間」難道沒意義？當然，我所提出的觀點的確有些自相矛盾，令人疑惑，我必須加以釐清。換句話說，那就是現代攝影所謂「快門時機」的問題。

寫給有志成為攝影師的青年

一写真家志望の青年へ一

——回覆請求收為門徒的來信

土門拳老師鈞鑒：

從未謀面卻忽然寫信給您，冒昧之處請多包涵。我是個住在外地的青年，今年二十一歲，目前在家中經營的打鐵鋪幫忙，我的志向是將來成為一名攝影師。

去年底由於打鐵鋪生意不佳，為了幫家裡度過難關，我將自己的愛機Pigeonflex 35典當，作為暫時變通的方法。但最後還是沒能將它贖回，以至於失去相機。老師您一定能理解我當時多麼心有不甘。我對父母感到埋怨，對於打鐵鋪的工作毫無興趣，但是覆水難收，我失去希望，前途陷入一片黑暗。

這樣的狀態讓我一時灰心沮喪，不過失去相機的痛苦，反而激起我對攝影的熱忱，甚至是之前的好幾倍。我在內心發誓「好，不管做什麼，我都要憑攝影獨當一面」。但是我目前買不起相機，接下來好一段時間應該還負擔不起。既然這樣，我曾想過是否該找間相機店的工作，卻因為毫無頭緒又虛度一陣子。

幾天前我瀏覽攝影雜誌，忽然想到也許我可以成為專業攝影師的門生，直接獲得教導。我不太清楚目前攝影教育的實際狀況，但是我只能選擇較無經濟負擔的途徑。我想要是攝影界跟其他工藝一樣，也有學徒制就好了，我更希望能向老師這麼傑出的攝影家學習，我聽說老師對於指導後進很熱心，因此不假思索，兀自寫信給您。

老師！無論如何，能否讓我在您身邊學習，接受您的指導教誨？我已有心理準備，為了學習攝影技術，不論多辛苦都絕不會逃避。

以上是我擅自主張的請求，還望老師撥冗考慮，也期待老師海涵予以回覆。

川田料吉　敬上

五月二十七日

與父母一起同住的川田君，對於回覆的形式並沒有特別要求。不過有某位住在鄉下油店的年輕人在來信附上回郵信封，收件人後面註明「親啟」兩字。因為如果寄明信片很可能被主人看到，要是被察覺到自己立志成為攝影師，並打算辭去店裡的工作，不知道會被如何刁難。

那位青年可能睡在店面閣樓的倉庫裡。夜裡當店鋪打烊後，他即使鑽進被窩，也無法安心地翻閱攝影雜誌，因為店主會一直叨唸催他把燈關掉。每個月只有一天休假。照理說那天他可以自由地到處拍照，但即使休假他仍必須打掃或做些其他的事，可以出門時已接近中午，萬一難得的休假遇到雨天，更令人欲哭無淚。

但是每月只有一天實在不夠，因此當他被派去騎自行車前往稍遠的地方辦事，出門時會將相機藏在上衣底下，趁著來回途中抓拍一、兩張照片，這就是他最大的樂趣。剛開始他使用雙反相機，但是有些不好藏，因此咬緊牙關換了一台35mm相機。由於這樣的生活形態，他所拍攝的照片幾乎都是街頭的抓拍。他也寫信給我，請教究竟有什麼辦法可以成為攝影師。

前面的鋪陳稍微有點長，首先我想說的是，手頭拮据的川田君至少與父母同住，比起另一名身為學徒必須看老闆臉色的青年，精神壓力應該比較輕，不像有些年輕人連寫信給我都彷彿如履薄冰。這位川田君在典當失去愛機後埋怨父母，像這樣的年輕人不論有什麼不滿，除非抱持著自行獨立闖蕩的決心，否則埋怨老闆或前輩也沒用。

川田君提到無論如何都想成為攝影師，不過同樣是攝影師，大致上也有分成兩種類型。一種是過去所謂的「相館攝影師」，另一種是「新聞攝影師」。這兩者都是拍攝照片出售，藉此謀生，不過相館攝影師可以向拍攝對象取得報酬，而新聞攝影師不向拍攝對象收取分文。

相館攝影師滿足個人的直接需求，這是其存在的意義。包括生日、七五三、入學紀念、畢業紀念、同學會、相親、結婚紀念、新婚旅行、新居落成、創立紀念、六十大壽與七十七歲的喜壽，隨著個人不同年齡、進入社會的發展，陸續產生拍攝紀念照的需求，而相館攝影師的職責就是滿足這些需求。譬如接受學校、公司、團體的邀請，為數十人拍攝「團體照」，在本質上與個人照無異。業主一直都是特定的個人，這位明確的個人既是拍攝的對象，也是「攝影費」的支付者。換句話說，相館攝影師仰賴數百至數千名特定的個人，也就是所謂的「顧客」維生。

新聞攝影師則因應新聞業的需求拍照，這是他們的存在價值。業主是特定的報社、通訊社、出版社等，他們將照片運用在公司發行的報紙、刊物、單行本上，以「稿費」的名義將費用支付給攝影師。至於為什麼要拍攝這些照片、出於什麼目的使用，可說完全不包含個人的需求與動機。

相反地，即使新聞攝影師拍攝某一特定的個人，被拍攝者也絕對不會付攝影費，因為那不是因應個人的需要或要求而拍攝。甚至有可能當事人並不想入鏡，卻遭到強行拍攝，但無論是拍攝的攝影師，或是挑選照片展開編排的編輯、印製刊物公諸於世的出版者，正因為大家都不是出於個人的需求與動機，所以能夠獲得社會的允許。那也是出於新聞工作的需求而拍攝。

新聞攝影師的工作，如果偏離報導的委託就不成立。無論有意識或無意識，都受到新聞工作的制約。因此新聞攝影師就像一名獨立藝術家，其富有創造性的特質也構成新聞業龐大結構的一部分。以這層意義來說，即使每位攝影師之間存在著各種差異，但新聞攝影師既是藝術家，同時也是新聞工作者，他們都具有雙重的特性。也就是說，不僅是高貴的「靈魂的技師」，也必須擁有新聞記者極其敏銳的神經，亦即必須在孤高與通俗這兩者的矛盾中生存，因而衍生諸多矛盾與悲劇。

不過，健康正向的新聞工作可以成為新聞攝影師的後盾，讓他們逐漸施展才能，而優秀的新聞攝影師大膽發揮富創造性的特質，也能促進新聞業的發展。這種彼此鼓舞推進的合作關係，可說是新聞業與新聞攝影師之間的正確關係。然而，新聞業既然能藉由強大的傳播力將大眾組織起來，反過來也受到以大眾為主的力量制約。新聞業的支持者也是大眾，所以一旦偏離大眾，至少是讀者群眾，新聞業就無以為繼。因此新聞業常採取為大眾發言、反映要求的立場。就算這往往只是裝模作樣而已，但是從不得不佯裝的事實，反而證明以大眾為主，不容忽視的力量。

從這樣的角度思考，請攝影記者拍攝照片，支付稿費的雖是特定的報社、通訊社、出版社，但是真正的業主與資助者其實應該是廣大的讀者。也就是說，在現實中無法明確得知是哪些人的讀者群，他們整體才是真正的雇主，而且每個人都分攤了數萬分之一至數十萬分之一的稿費。因此，只要刊登照片的報章雜誌、單行本等出版品滯銷，立刻就會出現「不支付稿費」或「延遲付款」等狀況。也就是說，攝影記者仰賴雖然不知道是哪些人，但現實生活中確實存在的讀者群為「衣食父母」。以這層意義來說，攝影記者可說與有前瞻性的出版家、編輯、記者置身於同樣的處境。

由誰出資這項經濟基礎，將會影響到相館攝影師與新聞攝影師的工作性格。相館攝影師為個人利益服務，新聞攝影師則是為大眾的利益服務。相館攝影師的工作效益只限於顧客私人的生活範圍，性質較為封閉；新聞攝影師的工作效益則富有社會性，影響較廣且更為開放。這兩者都是對社會有用的職業，但工作性格的差異，有如家庭客廳與公會堂的不同。

除此之外，還有一種性質介於相館攝影師與新聞攝影師之間的角色，那就是商業攝影師。他們的作品跟新聞攝影師一樣，具有為社會帶來影響的特質，但既不是回應大眾直接的要求，也不像相館攝影師那樣滿足個人的需求。這種工作主要是因應公司在經營方面的需求而生。與資本主義的商品生產相結合，是資本主義性格最濃厚的一種攝影。最重要的是必須讓作為拍攝對象的一件件商品，完全符合商業銷售與宣傳上的意圖，同時作為商業設計作品的一部分，照片也必須具有融通性，彷彿擁有揮灑自如的自由。就這層意義來說，也可以說是最需要如工匠般純熟技巧的攝影形態。

不過必須注意的是，所謂商業攝影涵蓋的範圍，其實遠比一般所想像的更廣。不是只有拍攝冷霜罐或洗衣機才是商業攝影。像電影女星的肖像或時裝攝影之類，以及觀光攝影或工業攝影，或許也應該歸類於商業攝影。無論如何擬態，其實真正的意圖都與表象無關，因為最終的目的仍是吸引顧客，因此商業攝影欠缺某種讓自身更充實的特質。所謂有所欠缺，可說與人疏離，或是缺乏藝術性，但是藉由思考究竟欠缺什麼，反過來也有助於掌握商業攝影與其工作特性。

川田君說想當攝影師，但你可曾想過，究竟要成為相館攝影師、新聞攝影師，還是商業攝影師？不論選擇哪一種，有這樣的念頭與是否能實現是兩回事。如果只是茫然地抱持著夢幻般的希望，根本無濟於事。必須針對每一種類型詳加思考，究竟能否實現。

首先，有種符合川田君期望、比較沒有經濟負擔的選擇，就是成為相館的學徒。不過那是成為相館攝影師的途徑。沒有一家相館會收不想成為相館攝影師的人為學徒。而且在相館所習得的技術、感覺、思考方式等，對於其他領域的攝影毫無幫助。換句話說，只要成為相館的學徒，未來就必須以相館攝影謀生。

不過，相館攝影目前正在沒落中。這並不是日本特有的現象，這是第二次世界大戰後全世界明顯的趨勢。過去想拍照片時只能仰賴相館攝影師，不是自己前往照相館，就是請攝影師外出拍攝。然而現在由於小型照相機發達，以及業餘攝影師增加，過去必須煩勞相館攝影師的照片，現在大部分都可以由業餘攝影師自行解決。隨著人口增加、生活水準提升，儘管人們對於攝影的需求普遍增加，但是相對地相館攝影的處境卻每況愈下，主要原因也在於此。而且眾所周知，這樣的傾向將來會越來越明顯，不會趨緩。

大致上來說，相館攝影流於形式主義的陳舊古板，已偏離今日大眾的生活情感。相館攝影承襲明治時期以來的傳統，而且每一間相館又有各自的規矩。包括如何擺姿勢、採光、對焦、掌握表情按快門的訣竅，都有一定的模式。照片沖洗、修底片、印相，甚至貼照片的襯紙都有既定的模式。這些全都是以父子、師徒的形式傳承下來。實際上除非一間相館被火徹底燒盡，這些陳舊的模式通常不會有任何改變。現在連業餘攝影師都採用高感光度的全色片，相館卻還在使用過去的低感光度克羅姆乾版[2]，業餘攝影師已經能拍出呈現銳利質感的照片，但鄉間的照相館還在固守過去柔焦、背景虛化的照片，「墨守成規」可說是最貼切的形容。

當然，有部分求新求變的相館攝影師還是會積極學習，試圖掌握時代的感覺，因此也有不論作品水準或相館經營都相當成功的例子。然而目前相館攝影界整體的衰退，已到了無可挽回的地步。

據說現在全日本有一萬三千家相館，主要是明治、大正以來繼承父業的類型。他們在村子或鎮上有由來已久的顧客群，雖然有部分相館生意還不錯，但是幾乎所有的相館都得兼營攝影器材販售與照片沖洗，苟延殘喘維持下去。因此，如果為了繼承家業而成為相館攝影師，我不會強烈反對。但是明明自己沒有店也沒有熟客，接下來卻打算成為相館攝影師，我必須提出異議。在人口達九千萬人的日本，相館雖然是沒落的行業，但這一萬三千家左右的相館，或許還可以勉為其難地倖存。但如果接下來正打算投身相館攝影，將原本就日益窄化的市場再瓜分得更小，我並不贊成。首先，有前途的年輕人刻意致力於與科學發展背道而馳的志業，未免愚不可及。

既然這樣，那如果先成為相館攝影的學徒，當作真正成為新聞攝影師之前的棲身之處如何？

包括我自己在內，像木村伊兵衛、田村茂、林忠彥等攝影師，都可以說是從相館入行。不過這已經行不通了，那樣的時代已經結束。目前新聞攝影本身的技術高度專業化，從事的攝影師也增加了，競爭已變得更激烈，想要半路轉行的天真想法毫無希望。首先，無論哪家相館都不會為無心成為相館攝影師的人提供學習機會。我必須言明在先：如果將來想成為新

2 奧托克羅姆（Autochrome）又稱「天然彩色相片技術」，一九〇三年由法國盧米埃兄弟取得專利。乾版即玻璃版底片。

聞攝影師，目前暫時以相館作為棲身之處，這樣的做法無異於緣木求魚。

將來有志成為新聞攝影師的人，無論如何都應該讀大學。當然，並不是只要大學畢業，就保證一定可以成為新聞攝影師。但是沒有受過大學教育，更無法走上新聞攝影師之路。為了走上這條道路，首先形式上至少要具備大學文憑。

新聞攝影師的養成，首先要成為報社、通訊社、出版社等機構攝影部門的職員，至少要有五年資歷，累積新聞攝影師一般的基礎經驗。而報社、通訊社、出版社這些機構每年舉辦招募考試，從大學應屆畢業生中選出錄取者。不只是編輯或業務部，極注重專業技術的攝影部也同樣如此。但是不論哪個機構，應徵人數幾乎都是錄取名額的數十倍甚至數百倍，我們現在正處於就業艱難的時代。而沒有大學學歷的人就算好不容易爭取到參加甄試的機會，因為應徵者並沒有少到非錄取沒學歷的人不可，最好先要有落敗的心理準備。今後這種傾向會越來越明顯，也就是說，即使只是形式，仍必須具備大學畢業資格。

其次是除了形式上擁有大學文憑，實質上也必須有大學畢業程度的人文素養。實質上的人文素養即使沒上大學，多少仍然可以自學，但是要在眾多應徵者中迅速挑出一到兩位人選，藉由大學畢業的形式作為實質素養的保證，也是不得不然的做法吧。當然即使大學畢業也沒什麼了不起。正因為如此，要是連這沒啥了不起的學歷都沒有，就更不值得一提了——至少以步入社會的程序來說，大學文憑有其公認的價值。

聽到我這麼說，或許有人會提出異議，說實質的技術比文憑更重要。當然，技術至為關鍵，這點無庸置疑。但所謂技術，如果只是會拍照，那也算不上是什麼技術，在現在的日本，男女老幼加起來共有四百五十萬人擁有這種技能。雖然缺乏讓作品富有深刻內涵的豐富人文素養與思想性，但是這些人並不缺乏拍攝漂亮照片的實用技巧。甚至可以說，在當今的業餘攝影界，充斥著各種各樣的實用技巧。為這種雕蟲小技自滿，一下子就想成為專業攝影師，或自以為能夠成為專業攝影師，未免過於自我膨脹。哪怕是全國小有名氣的攝影高手，業餘攝影師與專業攝影師的技巧根本屬於不同範疇。如果訂主題讓雙方同時拍攝，高下立判，業餘攝影師的照片無法刊登使用。這一點在新聞業已經過證實。想成為職業攝影師，首先必須大學畢業後進入報社、通訊社、出版社等機構的攝影部門「見習」，為了學習專業技術，必須經過長期努力。

除了大學文科院系的畢業生必須如此，像攝影大學這類專門學校培養出來的人也一樣。我經常遇到某些小夥子，以為剛從攝影大學畢業就能成為獨當一面的攝影師，根本就不是這樣。在學校學習與實務經驗根本是兩回事，尤其要是大學時代在學生攝影界已嶄露頭角，不妨徹底遺忘，虛懷若谷，下定決心讓自己從第一步重新開始學習。

過去曾經有「閃光迸三年」的說法。為了拍攝而點燃閃光粉時，會伴隨著「砰」的聲響，也就是在藉著閃光燈泡同步打光的年代前，假使在夜間或昏暗的室內拍照，當手持相機的前輩按下快門時，助手就要同時點燃閃光粉。假使配合得天衣無縫，即使是十分之一秒的快門速度也能同步；但萬一失敗的話，將會遭到嚴厲訓斥。也就是說，必須擔任與前輩步調一致的助手長達三年，也可以說是從旁見習三年。

如今雖然幾乎不需要「閃光迸三年」，但是必須從幫前輩運送器材、打光開始累積經驗，持續三到五年，跟以前沒什麼差別。在這段期間內，包括社內的組織、編輯與印刷的流程、這間公司要求的攝影特色、在變化無窮攝影現場的工作要領等，作為獨當一面的攝影師，所有的實務技能都必須自己掌握。前輩絕不會一個個步驟說明，甚至更有可能存心刁難。對於新人來說，這也是培養新聞攝影師所需的積極態度與不屈不撓風骨，最有效的方法。儘管如此，屬於公司行號的報社、通訊社、出版社等並不是學校，而且前輩並不是老師。只有積極主動而且對攝影充滿熱情的人，才可能將環境轉化為自己的學校與老師。

就這樣過了三到五年，終於有資格拿相機拍照，但一開始只是簡單的翻拍、靜物拍攝。如果前輩請病假休息，公司下令要你代替他去新聞事件現場，那可是難得的機會。這時如果你表現優異，有可能受到肯定，「這小子有點用處」或是「有希望成材」。通常在一開始，你的照片會在面前被撕碎，扔到字紙簍裡。聽到「這種照片哪能用」，你儘管想忍住，但是不甘心的淚水仍然從低垂的臉頰滑落。前輩明知道一切，卻故意這麼刻薄。因為他自己以前也遭遇過同樣的對待，才鍛鍊成今日的程度。

總而言之，從今以後有志成為新聞攝影師的青年，必須具備大學學歷。最近像報社、通訊社的招募報名條件，除了學歷以外，連身高也包括在內。也就是在各家攝影師擠得水洩不通的新聞現場，矮個子有占下風的危險。將身高這種不屬於個人責任的條件視為問題，對於天生矮個子的人相當危險，但是由此可知現在的生存競爭變得有多激烈。

即便是不需要進報社、通訊社、出版社等機構的商業攝影師與相館攝影師，我想往後仍然需要大學畢業的學歷。連英文跟法文都無法分辨的商業攝影師，恐怕無法完成工作吧。經營相館的攝影師，如果缺乏敏銳捕捉時代動向的素養與感覺，恐怕也做不成生意。無論將攝影師視為藝術家或技師，身為邊緣知識分子的事實不會改變。就算是為了提升日本攝影界整體的水準，我希望接下來有志成為攝影師的人，都至少要大學畢業。

我的意見聽起來彷彿「大學萬能論」。

不過以前我在讀大學時，沒把課堂當一回事，幾乎都曠課。就算去學校也是溜進圖書館。沒去圖書館的日子，就參加同伴們的共同研究會，不然就是毫無目標地聚在咖啡館，跟夥伴們談論話題。現在的大學課程似乎很充實。在過去的大學裡，沒有一堂課是我想聽的，也沒有特別想求教的教授；唯獨有一位例外，但是過沒多久，這位教授就被開除了。我追隨他的腳步，改去另一間大學，可是教授在那裡又被開除了。與此同時，我對所謂的大學也失去信心，甚至退學……

現在有幾位活躍於第一線的年輕新聞攝影師是我的門徒。他們曾經是東京攝影專門學校與慶應大學經濟學系的學生。他們覺得學校的課程無聊乏味，缺乏意義。他們帶著本來應該在學校吃的便當，來到我家。我家能有什麼呢？只有他們在我的訓斥中拿布巾擦拭，幫忙將替照明器材的插頭換插座。當時我女兒還很小，一旦她尿急，他們就會慌張地把她抱到房屋緣側，「噓——噓——」地誘導她撒尿。

他們現在握著徠卡相機與尼康相機的手，十五年前都被我女兒的尿液沾濕過。而且對他們來說，我既不是位和藹的老師，也不是個親切的前輩。我講話總是罵著一連串「笨蛋」，從沒有正式談過攝影。儘管如此，第二天早上，他們還是帶著便當出現在我家。我也一如往常地照樣使喚他們。

也曾經有攝影專門學校的學生來訪，我來者不拒地表示歡迎。然而這些學生聽到我嚷著「喂，快拿布巾來，把那邊擦一擦」，面露訝異的表情，雖然還是照我吩咐的去做，從翌日早晨就再也不見蹤影。或許是我說了或做了什麼讓他們感到失望吧。只是不曉得什麼原因，我至今還沒在新聞媒體看到他們的作品與名字……

明知道在大學裡所學有限，我還偏偏主張容易讓人誤會的「大學萬能」觀點。在當今的社會，以形式來說對於有大學文憑的人有利，但人們對於在大學所獲得的學問與經驗，並不抱以太大的寄望。除了這兩個理由，還有一個最重要的原因，就是大學時代的學生生活將會影響青年的人格形成。

有所自覺，立志成為專業攝影師，藉此確立自身存在價值的青年，在學校、學級、團體的共同社會中，接受組織、集體的社會生活訓練，對於現代的人格形成具有難以衡量的效果。無論是否結交到推心置腹的好友，都將學到如何在團體中找到自己的定位、與人相處的規則，也就是在不知不覺中掌握生活技能。人類作為社會動物，尤其是工作各環節都需要他人配合的職業攝影師，這點比純粹的學問、技術更重要。隨著真正出社會、工作日漸發展，涵蓋的範圍也越來越廣，與人相處的能力將成為支持自己的後盾。

大學時代的學生生活就像在木桶裡洗芋頭。自己接受別人的磨練，也磨練著他人。別人的意見與經驗，可以立刻加以採納活用；自己的意見與經驗，也能對別人有所幫助。也就是有求知的野心與熱情的青年們，彼此互相切磋琢磨，這是單只有一顆芋頭在滾動所無法得到的效果。當然，如果只想學實質的素養與技術，一個人勤奮地自學，也不是完全無法掌握。不過那很容易沾染上自學者特有的狹隘氣息。

在團體中，對於同一件事物，有些人的想法與感受跟自己相近，也有人跟自己完全不同，瞭解這點非常重要。必須將兩種截然不同的想法與感受，加以整理、統一，從中掌握不可動搖的真理與現實。自學者或是處於類似環境中的人，不幸地毫無機會與處於對立面、持相反觀點的人切磋琢磨，因此狹隘地固守自己的思考與感覺，甚至個性也變得偏執頑固。

世界上有各種各樣的人，也存在著思維與感受方式與自己截然不同的類型，我們似乎根本無法理解。在實際的工作中，必須協調、統一各種歧異的想法與感覺，為某一共同目的將眾人組織起來。不論處於主動或被動，都應遵守這樣的原則。那不僅是在社會上求生存的技能，也是一種生活能力。如果缺乏這樣的能力，就無法成為社會共同體的一員，而所謂的大學時代，就是在不知不覺間接受這種組織、集團的生活訓練。如果能結識一、兩位知己，那將是人生無上的喜悅。數十至數百名同學畢業後離開學校，四散各地，但共通的記憶與感動仍將大家連繫在一起。一旦遇到什麼事，可以互相幫助。彼此之間的認識將化為無形的力量，在實際工作經驗中，我們已經歷無數次這樣的互動。

總之，接下來有志成為攝影師的青年，不論你有多遲鈍笨拙、令人不耐煩，請務必體驗讀大學的過程，而正處於大學階段的青年，希望你們重新審視自己的學生生活，認真度過這段時光，發揮其真正的價值。

既然如此，應該要選什麼樣的大學科系？

是讀綜合大學的文學部、經濟學部、法學部，還是專門教攝影的學校？目前專教攝影的大學包括由東京寫真專門學校（三年制）改制的東京寫真短期大學（二年制）、由東京高等工藝學校寫真科（三年制）轉型的千葉大學工學部寫真科（四年制）、日本大學專門部藝術學科寫真科（三年制）改制的日本大學藝術學部寫真學科（四年制）這三間。每間學校都有各自的傳統與特色，選擇進入哪間學校，甚至會對將來成為哪種職業攝影師造成影響，在評估入學的可能性時，也應該先瞭解各校的傳統與特色再決定。

無論如何，如果將來想在攝影工業相關的製造商謀職，擔任技術人員，或是成為相館攝影師、商業攝影師，我建議選擇專攻攝影的大學。不過如果有志成為新聞攝影師，就比較微妙。也許選擇綜合大學的文學部、經濟學部、法學部會更合適。

不論從哪一間大學畢業，都無法立刻成為攝影師。無論有多自戀，還是必須重新花費五年的時間，從頭學習基本、專門的技術。如果省略這段建立扎實基礎的時期，終其一生只能靠賣弄小聰明應付工作。如果這樣，或許還不如在大學時代就建立觀察、掌握事物的基礎專門素養，這樣或許能符合日後新聞業所需攝影記者的條件；我個人是這樣判斷的。

觀察現在正活躍於新聞業的攝影師，可看出隨著畢業學校的屬性不同，可分為憑技術拍攝與憑頭腦拍攝兩種傾向，也就是憑技術處理拍攝對象，或是憑頭腦處理。人習慣以自己擅長的部分掩飾自己不擅長的部分，出於自我防衛的本能，這似乎是種難以避免的傾向。這超越每個人的個性與意識，隨著畢業學校的特質，自然分成兩種傾向，這樣的現象相當有趣。

為提供參考，以下列出戰後知名的年輕攝影師畢業於哪些大學。

秋山庄太郎（早稻田大學商學部）、大竹省二（東亞同文書院）、稻村隆正（早稻田大學政治經濟學部）、吉岡專造（東京高等工藝學校寫真科）、三木淳（慶應大學經濟學部）、三堀家義（東京寫真專門學校技術科）、石井彰（東京寫真專門學校技術科）、樋口進（東京寫真專門學校技術科）、船山克（慶應大學經濟學部）、秋元啟一（千葉大學寫真科）、田沼武能（東京寫真專門學校技術科）、佐伯義勝（明治大學專門部商科）、朝倉隆（東京寫真專門學校技術科）、長野重一（慶應大學經濟學部）、川島浩（東京農工大學農學部）、川田喜久治（立教大學經濟學部）、稻村不二雄（早稻田大學政治經濟學部）、東松照明（愛知大學經濟學部）、杵島隆（日本大學藝術學部電影科）。

儘管如此，上大學還需要錢。沒有錢，連學生生活都無法維持。

我試著查詢目前東京寫真短期大學的相關費用，首先要繳二千日圓的入學考試報名費。最近由於所謂的攝影熱潮，報考的人數激增，因此在應考前必須先評估一定程度的必需相關費用。因為考試本身具公平性，只要有學習能力、身體強健，應該就沒問題。不過就考生的心理狀態來說，光是繳了入學申請書與二千日圓報名費就開始忐忑不安。而且就算如願考上了，還需要一萬日圓的入學金、一年二萬日圓的學費與一萬五千日圓的暗房費用，加上二千五百日圓的校友會年費，合計四萬七千五百日圓，必須立刻繳納給學校，若是不知所措耽擱了，入學資格將會被取消。

這部分是確實繳交給學校的費用，除此之外，像是底片、相紙等課程耗材都必須自費。當然越是認真投入，開銷就越大。還有像購買教科書、參考書的費用、交通費、社交費用，以及各項瑣碎的支出都不可或缺。無法繼續住在老家的人，還要支出房屋租金、住宿費、伙食費等，個人所使用的相機與交換鏡頭等器材當然也必須自備。只是稍微粗估，就知道需要不少錢。所有費用平均下來，每月的學費平均要花一萬八千到二萬日圓。光是這部分的費用就要持續付整整兩年，如果不能每月確實籌出這筆錢，就無法維持攝影科學生的身分，也領不到畢業證書。這是無可奈何的事實。

而且就算領到大學畢業證書，還無法立刻成為獨當一面的攝影師，憑攝影養活自己。即使做好在基層累積五年經驗的心理準備，能夠順利進報社、通訊社、出版社等機構攝影部的人都是極其幸運，少數雀屏中選的人，那又是一道競爭激烈的「窄門」。大多數人成為照相器材店、照片沖洗店的員工，從早到晚在暗房工作。有些人成為相館的修片師或攝影助手，必須接受傳統保守的勞動條件。不然就是在印刷廠擔任照相製版的師傅，在碳絲白熾燈下工作。如果家裡開照相館，這些人則回到家鄉幫父親做生意。

每年，大學攝影科系都會送出數十至數百名畢業生到社會上，但是過了十年後，能夠一本初衷成為攝影記者，名字出現在新聞媒體上的人，可說寥若晨星，這也是無可否認的事實。當然，大家安然無恙地四散各地，而且大部分的人都從事跟攝影相關的工作，但不是以攝影師的身分活動，這也是難以改變的現狀。

目前正在讀高中的年輕人喜歡攝影，令人欣慰。如果因為這份喜愛而想成為攝影師，或許也不難理解。但是有關工作的志向，必須充分考量自身家庭的狀況再決定。

對於上述這些意見，也有攝影愛好者憤怒地質疑：你是說窮人家的孩子別想成為攝影師嗎？我的答案是「沒錯」。這不是我的錯，問題在於資本主義的金錢社會。最近報紙上刊出一則消息，蘇維埃聯盟決定將從今年秋天起，大學學費由國庫負擔。也就是考量當事人的志願與資質，符合資格者由國家出錢讓人民上大學。如果這個消息屬實，連社會主義國家都要在經歷革命三十年後，才能讓青年不必顧忌家庭環境，直接滿足他們求學的上進心。在像日本這樣的資本主義國家，總計必須要花數百萬日圓的學費才能進大學，如果期望這條道路為每個家庭的孩子開放，未免過於不切實際……

通常只要對攝影稍微熱衷的愛好者，很快就會想成為專業攝影師，究竟是為什麼呢？與其說是嚮往這個身分，或許更出於某種執迷吧。也就是誤以為只要成為專業攝影師，就能每天拍攝自己想拍的照片。的確，如果每天從早到晚都在拍攝感興趣的照片，而且還能以此維生，沒有比這更理想的狀態。

但事實完全相反，一旦成為專業攝影師，反而無法拍攝自己想拍的照片。每天忙於拍攝自己不感興趣的主題，就是所謂專業人士的寫照。倘若只拍攝自己想拍的主題，很快就會陷入生活困頓的狀態。恐怕只有極度缺乏自覺的攝影師，才會滿足於拍攝女明星肖像照這類無聊的工作，而且不僅毫不懷疑，甚至相當擅長。只要存在著些許藝術創作的念頭，內在意識與實際工作之間的差異及矛盾，將迫使自己終年陷入苦悶。況且不論為了生活或養家活口，都需要錢。身為專業攝影師，除了拍攝照片並換取酬勞，沒有其他收入來源。而能夠換取酬勞的攝影工作與作品，幾乎都與創作藝術意識相悖、充滿妥協色彩。就這一點來說，我們根本毫無理由藐視那些專門拍攝女明星形象照的攝影師，反正也不過是五十步笑百步罷了。這就是專業攝影師的處境。

眾所周知，無論就影響力或財力來看，能為攝影師提供全世界最大舞台的媒介，就是美國的《生活》雜誌。

在《生活》雜誌的專屬攝影師當中，只有一位是日本人，那就是三木淳。這項殊榮是三木在大學時代就立下的志向，在戰前他每天來我家，當時他剃著短短的頭髮，還是慶應大學的學生。經過長期煎熬，三木終於實現初衷。他興高采烈地從我家出發，前往《生活》雜誌東京分社的情景，彷彿歷歷在目。然而，三木開始為《生活》雜誌工作後，彷彿為了自我激勵，像口頭禪一樣經常喃喃自語的是「忍受屈辱與服從——」。就這樣過了五年，相較於同樣大學畢業的上班族，三木所領的報酬高得令人羨慕，卻仍然不堪屈辱與服從，辭去《生活》雜誌的工作，成為自由攝影師。然而，三木即將面對的是什麼呢？只有對日本媒體的妥協與對生活的不安。

另外，同為《生活》雜誌攝影師，以追求完美主義聞名的威廉・尤金・史密斯（William Eugene Smith）稍早也辭職了。置身在失業壓力比日本更沉重的美國，主動辭去可說是夢幻工作的尤金・史密斯，帶著孩子在紐約某處角落拮据度日。拍攝出《鄉村醫生》《西班牙村落》《助產士》《史懷哲醫生》《我的女兒》等知名作品，支持者遍及世界各國的人道主義攝影師尤金・史密斯，明明在《生活》雜誌社內部有「偉大的史密斯」之稱，備受尊崇，最後還是主動辭去工作，這究竟是為什麼……

而同樣在《生活》雜誌工作，以走在時代前端聞名的攝影師瑪格麗特・伯克―懷特，足跡遍及蘇聯、印度、非洲，總是關注國際政治的關鍵問題，抱持開放先進的立場，這位世界一流的女攝影師，作品已經很久沒出現在《生活》雜誌上了……不論辭職與否，對於有強烈藝術家意識的攝影師，混濁黝黑的怪物――名為資本主義新聞媒體的黑暗怪物，依然會伸出看不見的手施加壓迫……

嚮往專業領域，想成為專業攝影師的業餘愛好者，他們腦中所描繪的專業形象應該像建築師吧？也就是設計公會堂、劇場、百貨公司、大樓、學校等近代建築，管理工程的建築師。然而真實世界裡的攝影師可不像建築師，倒比較接近木匠。就像肩上扛著攝影器材包，取代道具箱奔赴現場工作，領取攝影費代替日薪工資的木匠。那些聚集成群的攝影師，全都是木匠。而且越接近木匠，越有保障領到薪資，買得起自用車，甚至擁有寬廣的住宅。我們這些專業攝影師組成的團體叫做攝影協會，比起建築師協會，應該更像木匠工會。當然，我們沒有理由恣意拿木匠跟建築師相比，還表示輕蔑。但是既然建築師是建築師、木匠是木匠，希望各位想要入行、嚮往成為專業攝影師的業餘愛好者，能夠認清這個事實。

如果各位業餘愛好者，想要自由自在地拍攝真正想表現的作品，那就別當專業攝影師。如果想繼續讓攝影成為美好愉快的創作活動，也別成為專業人士。所謂專業，就必須靠攝影謀生。在這個世界上沒有哪種工作是美麗愉悅的。無論各位是保險公司的職員，還是紡織廠的工人，只要是領薪水的工作，就不可能輕鬆愉快。換作是在鄉間打鐵鋪的川田君，他的工作也絕不可能美好愉快。換句話說，同樣的辛勞與痛苦也將壓迫著專業攝影師。

既然如此，乾脆把攝影留作這世界上一件美好愉悅的嗜好，不受金錢或職務的羈絆，如何？也就是當成人生的一種寄託，藉由攝影保留抒發情緒的時光，不是很好嗎？各位業餘愛好者，何苦放棄目前正享有的權利？無論現在或過去，能夠堅守日本攝影界純粹藝術性的，正是業餘攝影師。用攝影換取微薄報酬這種苦差事，就留給庸俗的專業攝影師吧。繆思女神絕不會因為你是業餘愛好者，就阻止你拍出美麗的作品……

儘管如此，像川田君這樣為了幫助家計典當相機，最後因為無法贖回而失去它，甚至連照片都拍不了，然而面臨這種處境的青年，絕對不止川田君一人。

也有一名青年寫信給我，他跟川田君一樣失去相機，因此感到悲觀想自殺。他住在鹿兒島某處農村。只因為一台相機就想自殺，聽起來似乎很荒謬，但相機或許只是個誘因，這名青年從小就生長在貧困的環境，日常生活中逐漸累積的心結，最後凝聚在一台相機上。為了這僅有的樂趣，他經歷漫長的儲蓄終於買到一台廉價的相機，卻連這件物品都無法留在身邊，恐怕這樣的事實令他對家境的貧窮感到絕望。也就是與自己最渴望、最依戀的事物隔離，被剝奪僅有的一絲希望而湧生出莫大的孤獨與無力感，將這名青年推入絕望的深淵……

這種心情我不是不能理解。但說穿了，畢竟無異於為一台相機自殺。我急忙回信給他：

你說因為絕望而想自殺，那你打算用什麼方法結束生命？對於像你這種沒志氣的男人，有句老話就是「你對著豆腐一頭撞死吧」。反正你也只能憑這種方法自殺。然而尋短見不會解決任何問題，不如重新振作，思考該如何生存。

首先，相機一定會再回到你手裡。只要你想擁有相機、還想繼續拍照，相機絕對會重回你手邊。只要你沒有因為貧窮而喪志，對攝影的熱情沒有磨滅，一定可以擁有比之前更好的相機，享受擦拭鏡頭與機身的樂趣，這樣的日子遲早會來臨。

為什麼呢？因為相機是可以用錢買到的。如果你想要羅浮宮收藏的達文西〈蒙娜麗莎〉，就算把錢堆得像小山一樣也買不到。相機跟地球上獨一無二的「藝術珍寶」不一樣，那是在任何一間相機店櫥窗裡都會陳列出的商品。只要你有錢，不論你想要哪一台、想買幾台，老闆都會欣然賣給你。

就算在你去之前，店面擺出的商品已經賣完了，一點都不必擔心。因為每家相機廠商都會每天製作數十台、數百台相同的產品。甚至你買得越遲，越能以便宜的價格買到經過改良，性能更佳的相機。既不必擔心，也毋須慌張。

——你或許會說，要是有這樣一筆錢，就不至於如此絕望。即使之前那台相機是一萬五千日圓的便宜貨，你不是也存到這筆錢了嗎？只要繼續工作、存錢就好。你還年輕健康，既然你說想自殺，那就把赴死的決心花在工作上，應該可以完成兩、三人份的工作量吧。只要工作，就會有錢，一有收入就存起來。如果才賺到錢就花掉，當然存不了錢。你大可不吃不喝盡可能儲蓄，既然你連死都無所謂，應該可以忍受飢渴吧。

某位著名鋼琴家曾告訴我他的故事。

這位鋼琴家年輕時去法國留學，並且成為在日本時嚮往已久的鋼琴名師的弟子。不過這位老師每月收取的學費都奇貴無比。因此從他留學的經費中，扣掉學費與住宿費之後，幾乎一毛不剩。

這位年輕鋼琴家走在蒙帕納斯的林蔭大道，忽然想喝咖啡。才正要在露天咖啡座的椅子上坐下，立刻想起自己身無分文，「對了，我是來巴黎學鋼琴的，這樣不行」，於是急忙回到住宿的地方開始練琴。當他經過電影院時，忽然想看電影。不過正打算買票的時候，發現自己沒錢。於是他嚇一跳，「對了，我是來巴黎學鋼琴的，這樣不行」，於是匆忙地返回租屋處，開始練琴。就這樣過了幾年，這位鋼琴家在巴黎音樂大賽獲得鋼琴項目的最優秀獎，學成歸國。

最後他的鋼琴教師對這名日本學生說：「你一定覺得我的學費很貴吧？在這麼長的一段時間，你恐怕過得很辛苦。不過，這樣的學費絕對不嫌貴。為什麼呢？正因為如此，你沒有在咖啡館閒坐，也沒有去看電影或戲劇，完全沒機會讓其他嗜好占用練琴的時間。也就是說，我讓你徹底實現了留學法國的目的……」

姑且不論這種法國版「一石兩鳥論」的邏輯有多奇妙，當你想吃大福，就想想相機；你想喝一杯，也想想相機；想買漂亮的襯衫，再想想相機；想參加青年團的宴會，還是想想相機；早上你想賴床，也可以想想相機。就這樣將生活所有欲望集中在相機上，經過三、五年之後，你一定可以在村子裡的郵局存到一筆錢，足夠買比之前再進階的相機。

相機並不是存一輩子錢也買不起的昂貴物品，可以視你的存款金額，從入門款、中級到高級，有各種各樣的選擇。當然到了這個時候，如果你不想買相機了，想買電視機或摩托車，那是你的自由。甚至你想幫父親還債也不錯。

在走到這一步之前，存在著一種價值觀，那就是因缺錢無法立即購買想要的東西，其實別有一番樂趣。只要我們不放棄一定要弄到手的欲望，想要的東西越豐富，越有活下去的價值，難道不是這樣嗎？因為自己的生活還洋溢著希望、理想與憧憬，至少比什麼都不想要、什麼都不想做的人，充實多了。我們這些窮人遠遠地望著想要的東西，嘴角上揚垂涎著，如果不抱著耐心與坦然的態度，根本活不下去。

糟糕的不是想要的很多，而是什麼都不想要。更糟的不是無法獲得想要的東西，而是連爭取這些東西的鬥志都喪失了。你想要相機，到寧願為之一死的地步，還有攝影這項值得用生命換取的目標，這不是很好嗎？雖然遭受孤獨與無力感的沉重打擊，你豈不是更應該鼓起勇氣振作起來，追求最重要的生存意義……

此時，同樣的話我也想告訴川田君。如果打鐵鋪的生意只是消極地等待客人上門，不妨趁著幫忙家裡的餘暇，去村子裡的土木工程當臨時工，這樣應該可以讓你掙到買一台相機的錢吧。堂堂男子漢，如果連這樣的志氣都沒有，別說是相機，恐怕老婆都娶不到吧。

肖像攝影雜談

—肖像写真のこと雑話—

今天，我因為某間雜誌社的委託，去北鎌倉拍攝小說家高見順。現在有很多雜誌會刊登照片，但我們這些負責拍攝的專業攝影師，幾乎都沒有打光，完全利用現場的自然光。

我現在使用徠卡相機，因為工作時只帶一台徠卡相機就能完成。

說到高見先生的照片，我是在他的書房拍攝，這裡有窗、書桌，還擺著稿紙。高見先生坐在書桌前用鉛筆寫稿。在筆筒裡插著一打以上的鉛筆，每枝都削得像長槍的矛頭般尖銳。另外，高見先生採用二百字的稿紙。在作家中，使用二百字稿紙的人比較罕見。不只是文人，只要是著述較多，經常在雜誌發表文章的撰稿者，為了掌握實際上的頁數，通常會選擇四百字稿紙。高見先生好像在十年前就使用二百字稿紙。他自己先用鉛筆書寫，再由太太謄抄，在拍攝過程中他這樣告訴我。我們在攝影時閒聊：

「噢，您是用二百字稿紙嗎？很罕見呢。」

「還好啦，我大概從十年前就在用了。」

他回答的瞬間，我按下快門。

「鉛筆倒是最近才開始使用的……」他不經意將視線落在手中的鉛筆，在這一瞬間我再度按下快門。換句話說，需要有個時機，這也是展開對話的目的。在嚴肅的談論中拍不出照片，所以適合輕鬆、隨興地閒聊。高見先生是否選擇二百字稿紙或是用鉛筆寫稿，基本上與我無關，隨他高興就好。這是為了掌握按快門的時機而交談。

高見先生很年輕，雖然比我年長一、兩歲，但還是很年輕。本來應該很好拍，但是明治年間出生的人，成長於古典攝影技術盛行的時代，通常所謂的明治人還殘留著兒時對攝影的印象，因此很難拍。當時運用的相機像盒子般龐大，上面披覆著遮光黑布，攝影師邊看著對焦屏調整焦距拍攝。當時的感光素材還很陽春，所以千萬不能移動。因此拍攝人物時，還會從鏡頭看不到的角度擺支架撐住頸部，那種設備差不多就像看牙醫時坐的椅子。因為明治人有拍過這類照片的印象，多半還是認為拍照絕對不可以動。

而且他們好像沒在拍生活照。似乎只有在生日、新年、入學、婚禮等人生重要時刻才會攝影留念。所以當時人們會穿著晨禮服[3]等高級服飾入鏡，直到現在，明治人仍維持拍照前

---

3 morning dress，男性最高級別禮服的一種，源自十八世紀英國貴族騎馬服。

要換和服的壞習慣。現在底片的感光成分已進步許多，只要維持自然的姿態就可以拍攝，儘管如此，他們只要一面對鏡頭就會擺起姿勢。

四、五天前，我去幫山本有三先生拍照。其實只要交一張照片，但是我打算讓他擺出十二、三種姿勢拍照，從中選出一張，所以請他去庭院。顧及老人家容易疲累，我把那裡一張陶椅搬到花的旁邊。因為院子裡正好有白花開，我想他應該很樂意在有花的地方拍照吧。讓他坐在那裡應該沒問題，我準備拍攝腰部以上的上半身……因為是陶瓷質地的椅子，坐上去可能會覺得冷。我不清楚這一點，卻還是很親切地為他鋪上我的手帕。他說「不用、不用」，仍高興地坐下……

山本先生的眼皮垂下了。由於視力惡化，導致他甚至一度無法寫稿。眼皮低垂，使我不曉得他究竟是睜著眼睛，還是睡著了；再加上他戴著眼鏡，不知是近視還是老花，總之隔著度數很高的厚鏡片，更難以辨識。我仔細觀察，終於發現從一開始他就睡著了……實在沒辦法，我只好就這樣拍了十二、三張照片，然後用放大鏡看接觸印樣，從中選出我覺得眼睛有睜開的照片。幸好還是有一張。

我會隨著拍攝對象的動向按快門，不會說「請看這邊」之類的話，尤其我會觀察對方的眼睛。通常吸菸是個很恰當的時機。即使對方原本心存戒備，只要身旁的雜誌記者遞出打火機，瞬間就忘了攝影師的存在，這時可說是絕佳的機會。「吸菸的照片」通常都顯得很自然，山本先生最後也抽了一根菸。

拍攝的人物不刻意擺姿勢，攝影師不打光，這已成為近代攝影的重要條件。一直以來，世界各地的攝影師幾乎都會搭配照明，只要點亮一盞三五〇瓦的燈泡，室內就會變得明亮無比。但瞬間照亮會使本來的氣氛蕩然無存。

各位的情形應該類似吧。日本人的住家通常使用六〇瓦左右的燈泡，比較小氣的人用四〇瓦。出租公寓裡書桌上的檯燈大約也是四〇瓦就夠，但基本上四〇瓦適合廁所的照明。會使用一〇〇瓦的人可說心態相當開放，我家的則是一五〇瓦。

我待過廁所後一定會讓燈繼續亮著，或許是因為我畏懼陰暗的空間。四〇瓦的燈開一小時，電費大約是十錢到二十錢，其實很便宜。只要花點小錢能讓生活顯得明亮，也很值得。

婦女們在婚後請點亮家中的照明。結婚前可以先跟男友商量，如果對方說出「六〇瓦已經夠亮了」這種吝嗇的話，妳應該拒絕跟他結婚。男人通常都很小氣，但是一去酒吧這類場所，隨手就能掏出一千日圓的小費。只要有那一千日圓，就算家裡的電燈連續開一整個月也沒問題。

好，基本上大致如此，所以五〇〇瓦的聚光燈一盞，加上三〇〇瓦的平板燈兩座，只要準備一組這樣的攝影照明，即使是懂文化藝術的知識分子，也不可能在一個房間裡用到一二〇〇瓦的燈，因此莫不緊張起來，進入「接下來要拍照了」的精神狀態。這樣拍不出自然的照片，因此我還是以六〇瓦或一〇〇瓦的日常照明亮度拍攝。

不希望刻意擺姿勢，是因為著重於表情。照相館的攝影師會指導拍攝對象，手或頭要怎麼擺，我們不會這麼做。

最難拍的是女演員。她們的行為舉止都受到導演指示，對於自己的行動缺乏主體性。

我曾去拍片現場為山口淑子小姐攝影，她走到我面前來問「要怎麼拍呢？」我回答「隨妳，請自由發揮。」「這樣可以嗎？」她試著自己擺姿勢。這時製片組的助理過來，說要幫忙舉反光板。「這樣我反而難拍，不用了。」我表示推辭，表情有些不悅。對方其實是好意，而且製片組的人很吵，我打算稍後向他道歉。

但我還是沒有對山口小姐提出任何指示。

「要怎麼拍呢……？」

「請隨意就好——」我這麼說，按下快門，她顯得格外困惑，不知如何是好。我無視於她的反應，逕自按著快門，結果拍出頗成功的照片。那就是「慌張不知所措的山口淑子」。

明治人與明星有特別的拍法，這又另當別論，如果以高見先生為例，他在書房寫稿是很生活化的景象。在最接近當事人日常狀態的情境下，捕捉動作開始的瞬間最恰當。既不需要擺姿勢，也不必打光，只要拍攝實際上自然的樣貌即可。

在我們攝影界的同行中，像是早田雄二，或是松島進、大竹省二、秋山庄太郎這幾位攝影師都會運用豐富的照明。這也沒什麼不好，只不過是跟我對攝影的主張不同。秋山有他個人的喜好與習慣，如果我請秋山的模特兒來拍照，要是沒有特別要求，對方會自然地擺出秋山常拍的姿勢。這也未免太傻了，模特兒竟然毫無個性。我自己比較喜歡拍攝一般人，因為還沒養成拍照時的固定習慣，能夠呈現最自然的樣貌。

各位應該都擁有自己的家庭相簿吧。應該每戶人家都有，相簿很珍貴。通常嬰兒照都是赤身裸體拍攝的。等到長大以後，就不可能再拍裸體照了，尤其女性更是如此吧。我建議大家如果家中有新生兒，一定要幫嬰兒拍裸體照。

嬰兒赤裸的模樣，可說是人類追本溯源的樣貌，別具魅力。通常人們都不曉得自己的嬰兒照到底是誰拍的，但照片由誰拍並不是重點，照片的魅力在於嬰兒天真無邪的姿態。比起在哪間照相館拍攝，拍照的時機，也就是時間點更為重要。亦即真正的好照片，會讓人們在欣賞時受到被拍攝物吸引，應該是這樣。如果比起拍攝物本身，如何拍出這張照片更令人在意，我想這種為攝影而攝影的照片是失敗的。

近來不論是專業或業餘攝影師，都增加許多，很多人認為攝影著重於拍攝技巧，因此把照片拍得很漂亮。然而最重要的始終是拍攝物本身，也就是如何讓拍攝物富有真實感。

志賀直哉的隨筆中，曾描述他參觀夢殿（法隆寺東院本堂）的情景。他說參觀寺院建築後非常感動，如果自己能創造出這麼優秀的作品，應該不會署名。

攝影也是同樣的道理，如果拍攝物本身很美好，並且也如實呈現在影像中，是誰拍攝的就不重要，我個人這樣認為，甚至拍得跟外行人一樣也無妨。不過跟大家相比，我的技術還是略勝一籌——

能夠反映拍攝物本身、照片的記錄性及結構的攝影作品，可說是現代攝影。這種記錄性可說是照片重要的條件，不會受攝影師的主觀影響而過於偏頗。繪畫不可信賴，但照片即使稍微有點失焦，還是能看得懂。如果拍攝檸檬，照片上就是檸檬。絕對不可能拍檸檬結果變成女人。這種記錄性屬於攝影原理，不受個人主觀影響，因此可以獲得社會的信任。

在攝影剛問世的時期，代表攝影家尼埃普斯[4]等人的作品雖然無法捕捉動態物，卻將初期的攝影原理發揮到極致。作品現在看起來還是很出色，因為富有魅力。

換句話說，照片就像不在場證明，為我們的生活提出詳細佐證。我在今年九月十三日去過一趟砂川市。警視廳也派了一群帶著相機的人，他們去拍照存檔作為證據，也就是像間諜般拍攝照片，利用照片的記錄價值。儘管現場的人被拍到會有麻煩，我卻不能阻撓警察。他們握有權力，可依妨害公務的罪名羈押我。沒辦法，結果我們同時拍攝。我認為自己所拍的照片有別於間諜，希望用在推動社會進步的正向用途。警察由於行使公權力，可以任意毆打罷工示威者，實在太過分了。但這些人只要一抵抗，就會落入妨害公務的罪名。為了讓大家判斷何者是正確的，我拍下現場照片，準備在近期發表。

4 Joseph Nicéphore Nièpce（一七六五—一八三三），又譯涅普斯，法國發明家，世界現存最早相片的拍攝者。

激怒梅原龍三郎[5]的故事

—梅原龍三郎を怒らせた話—

畫家梅原先生赴伊豆的大仁溫泉描繪富士山時，他在美術學校的學生們前往老師投宿的旅館探望。拉開紙門，梅原先生應聲走來。這時正好入口附近有塊坐墊絆住他的腳，於是梅原先生怒罵「無禮的傢伙！」一腳把坐墊踢飛。據說當下連平常跟老師很熟悉的學生們也愣住了，不知如何是好。雖然無法保證這段插曲的真實性，不過這是當時去過的一名學生告訴我的。

既然梅原先生出生於明治二十一年，應該已經過了六十歲。據說梅原先生曾經有外遇，後來被揭露，他遭到太太強烈指責。據說梅原先生向她道歉「都是因為年少輕狂啊——」這段軼事的真偽同樣無法保證，但這句「年少輕狂」已在畫家之間傳開來。

我非常喜歡這兩段插曲。梅原先生霸道任性的面目彷彿活靈活現，令人感到快活。當代的世界級畫壇是馬諦斯與畢卡索的天下。前一陣子豬熊弦一郎先生對我感嘆：「除非等到馬諦斯與畢卡索過世滿五十年，沒有畫家能超越他們兩人。現在的畫家真是生不逢時，不論我們嘗試什麼樣的創新，最後只會發現他們其中一位早就玩過了。」在全日本成百上千的畫家中，只有梅原先生具備「不管馬諦斯與畢卡索做了什麼，我就是我」的氣魄。據說當梅原先生看到戰後首批從法國運來的《神韻》（VERVE）雜誌馬諦斯特集，邊翻頁邊說「馬諦斯這小子最近突飛猛進哪！」聽到他這句話，連原本就是梅原粉絲的畫商都差點嚇破膽。因為兩位同為雷諾瓦的門生，梅原先生與馬諦斯可說是師兄弟的關係，他說這種話或許不足為怪。

有段插曲已經是舊聞，不過我觸怒梅原先生的故事，在畫家之間也相當有名。或許這段軼事可提供肖像攝影參考，以下就為各位詳述細節。

那是在昭和十六年八月，一個炎熱的日子。

為了拍攝《婦人公論》十月號的首頁照片，記者栗本和夫先生帶我去梅原先生位於麻布新龍土町的畫室，同行的還有攝影助理角田匡，當時他還是攝影專科的學生，現在任職於共同通訊社。

5 梅原龍三郎（一八八八—一九八六），昭和年間日本代表西畫家，曾赴歐洲學畫，作品融入桃山美術、琳派、南畫等表現特色。東京藝術大學名譽教授、日本藝術院會員，獲頒日本文化勛章、法國藝術與文學勛章。

梅原先生當時正在畫室一隅，與畫商石原求龍堂下將棋。當我們在一旁為拍攝準備時，梅原先生把將棋砸到地上，原來他輸了。我心想：這下可不妙。梅原是有名的不服輸，一旦他輸了，心情就變差，也會不利於拍照。石原求龍堂又不是不認識我們，這時難道不能做點人情假裝輸給他嗎？我心裡恨得牙癢癢，求龍堂卻一副毫不在乎的模樣。

然而出乎意料的是，梅原先生的心情還不錯。因為是為十月號雜誌拍攝，所以請他穿上帶有秋意的衣服。在炎夏還特地換上黑色的和服，當他站在畫室中央，眼神略帶親切的笑意瞥向一旁，「要在哪裡拍呀？」

儘管如此，梅園先生其實討厭拍照。根據我個人壞心眼的揣測，與其說討厭拍照，不如說他對攝影感到輕蔑。他絕不是那種會聽從攝影師建議擺姿勢的人，因此在當時，梅原先生的照片只有寥寥幾張，都是由他的贊助者野島康三先生拍攝，刊登在昭和十二年《水彩畫》雜誌的梅原龍三郎特集。當天我能夠為他拍照，也是栗本先生跑了好幾趟畫室以後才獲得首肯。所以當天在準備拍攝前，我滿懷野心抱負想趁機額外多拍，哪怕一張也好。

我準備了規格約12×16.5/16.5x21.5cm的大型木製蛇腹相機，以及附康普鏡間快門的達格爾f168mm鏡頭，玻璃乾版是Oriental dry plate的高級人像用乾版，照明包括三個馬自達大型閃光燈泡，光圈值全部設定為f12.5。

首先我請梅原先生站在位於畫室盡頭的中國風擺飾櫃前，上面擺著萬曆五彩大盤、北京的風景攝影等藝術品，以此為背景拍攝全身照一張，採橫向構圖。橫向的構圖其實不適合作為雜誌刊頭照，出於記錄畫室的動機，我多拍了這張照片，無形中也透露出我的意圖。在當天拍的第一張照片，梅原先生的手指夾著香菸，面露柔和的笑容。第二張照片是請他坐在中式書桌前，注視著右手握著的小巧中國人偶，以縱向構圖拍攝上半身。第三張是以跟第二張相同的姿勢面對鏡頭。後來設計師高橋錦吉看到第三張照片說：「這哪是握著人偶，他根本就正準備扔石頭砸你。」的確，從照片可以看出來，拍到第三張左右時，他開始心情變差。

第四張是梅原先生朝著畫架正在繪圖，畫面捕捉他望向鏡頭的瞬間。這張照片的構想是讓梅原先生與畫架上的作品同時入鏡，這時他在高級木炭紙上畫著舞妓的素描，可說是我的一石二鳥之計。不過，為了不讓梅原先生的影子投映在畫作上，我儘量把相機的角度抬高，試著以俯瞰的角度拍攝。這可不輕鬆，我必須將沉重的大型木製蛇腹相機架在桌上，自己抓著窗框才能操作相機。

拍攝步驟如下：首先我得將腳架穩穩固定在書桌上，接著調整鏡頭讓素描與梅原先生的臉對焦，設置光圈與快門，填裝乾版，拉開後蓋，罩上黑布，檢查配置在三處的閃光燈效果，最後握住橡皮球，調整呼息按快門。在如此繁複的拍攝過程，梅原先生只能坐在藤椅上頭微微後仰，面向鏡頭不得動彈。畢竟像這種大型木製蛇腹相機，只要模特兒稍微移動一點，焦距就不準了，不論對拍攝者或被拍攝者都極其麻煩。而我所指定的姿勢，對於脖子短的梅原先生來說，無疑相當難受。我稍微移動攝影機的角度，拍了兩張這個姿勢的照片。

到了第六張照片，梅原先生很明顯露出「已經夠了吧」的不耐表情，我還是厚著臉皮要他面對畫架作畫，以低角度橫向構圖從右側拍攝他的全身。由於在窗邊的位置，無法將鏡頭拉得更遠，我請梅原先生將畫架與藤椅移到畫室後方的杉木門前。這時梅原先生看來很不悅，不甘願地在藤椅上坐下來。我請他擺出用炭筆作畫的姿態。梅原先生是左撇子，我想拍攝他用左手作畫的模樣。

「這幅畫已經不能再畫了。」梅原先生很不高興地說。我當然明白這種情形。已經完成的畫，每一筆一畫都構成恰到好處的平衡。就算只添一筆，就像發出回音般，整幅畫都必須跟著變動。這是從塞尚以來，不論多蹩腳的畫家都能講得頭頭是道的繪畫常識。但我不是要求他實際上畫什麼，「您只要拿炭筆做個樣子就好——」即使再三拜託，梅原先生還是斷然拒絕。我再次要求，他說「夠了」，準備站起來。

我沒有辦法，只好拍攝他看著鏡頭的樣子，並且準備對焦。透過鏡頭所見梅原先生的側臉，的確很有威嚴。他的雙腿呈外八字坐在藤椅的姿態，可說是氣宇軒昂。但是就在我小心翼翼對焦時，察覺到梅原先生頗有特色，呈一字形緊閉的雙唇正在顫抖，他擱在膝上握著炭筆的左手也很不穩。這時所謂「氣到發抖」這樣的形容詞，正活生生呈現在眼前。他對我的嫌惡與反感，經過一段時間的壓抑後幾乎就要爆發了。我從梅原先生身上，感受到類似殺氣的氛圍。我實在很怕他一鼓作氣站起來直接把相機踢飛，一邊隨時準備把相機抱起來向後退，小心謹慎地按快門。心想應該也拍得差不多了，「今天非常感謝！」我向他鞠躬。

梅原先生猛然從椅子上站起來，雙手高舉起藤椅，並且「啪」的一聲砸向畫室地板，那聲音非常驚人。接下來畫室一片寂靜無聲。

不過如果說「砸」是我的曲解，那麼或許可以更正為：他相當粗暴地將藤椅擺回原位。然後梅原先生很用力地坐下去。他的手肘張開，雙腳呈外八字張開，邊盯著天花板一隅，「哼，哼」地用力喘氣，肩膀起伏著。

他那充滿怒氣的臉，彷彿高野山金剛三昧院的全紅不動明王，雄壯威武，頗富男性陽剛之美，簡直就是「山大王」的化身。那正是我想拍攝的梅原龍三郎，就現身在眼前。這個發現讓我靈光一現，急忙將相機擱在梅原先生敞開的膝蓋前，拜託他「請再讓我拍一張臉部的特寫」。梅原先生在一瞬間以愣住的表情仰頭看我，最後賞我一句「我想已經夠了吧」。老實說，我當時心裡怒吼著「哼，看你自己什麼模樣」。表面上卻說「那麼我先告退了」，很有禮貌地鞠躬離開。

有個男人從頭到尾保持沉默，在畫室一隅目睹整段過程，那就是石原求龍堂。求龍堂是從很早以前就常拜訪梅原先生的畫商，跟我也認識已久。我在情勢危急的時候曾望向他，希望他幫忙說句話，但他一副漠不關心的樣子，只顧著吸菸，直到最後都不吭一聲。當時我很生氣，覺得這人真是個奇怪的傢伙，後來我才想到，求龍堂本身也是位頗有名望的人物。

在歸途中，當我們走向龍土町的電車軌道，攝影助手角田依然臉色蒼白，終於鬆了一口氣地說：「真的好緊張。我嚇得卵蛋都縮起來了，還沒恢復呢——」

我後來反省當時的拍攝工作，覺得自己堅持錯誤的方法論，對梅原先生感到很抱歉。過去我深受形式主義的毒害，尤其從我開始追尋紀實主義以後，已徹底揚棄這種演出性質的表現方式。儘管如此，我對梅原先生抱持著挑釁、不無惡意的態度，連自己都不明白為什麼，我試著思索原因。

在拍攝當天的兩個月前，我在位於玉電櫻新町的志賀直哉先生家，首次見到梅原先生，經由志賀先生介紹認識。志賀先生將我拍攝的照片給梅原先生看，並且親切地說「土門君想幫你拍照，什麼時候給他一次機會吧」。志賀先生是位待客親切有禮的人，對於梅原先生也相當友善，令人感覺很舒服。他將自己珍藏的倪雲林《杜陵詩意圖》等畫作掛在壁龕，讓我們觀賞。

然而梅原先生卻一言不發地背靠著柱子向後仰，當志賀先生說話時，偶爾「嗯、嗯」地點頭，幾乎沒說什麼像樣的句子。這種態度在我看來相當傲慢，我在一旁越來越火大。後來過了兩個月，當我拍攝梅原先生時，原先對他的反感轉化為對攝影的堅持。儘管如此，梅原先生與志賀先生是自《白樺》以來熟悉的老朋友，梅原先生略顯傲慢的態度，應是在家中經營京都友禪批發的環境所養成，我對他發脾氣，只是無謂地意氣用事。

另外關於這段「激怒梅原龍三郎的故事」，後來又發生兩、三段插曲，或許可說是惹惱梅原先生的報應，有機會再詳述。以下先轉述最近從畫家朋友原精一那裡聽來的故事，作為結尾。

在戰後，梅原先生以秀子為模特兒，畫了好幾幅油畫與素描。這裡所提到的秀子，不用說就是電影明星高峰秀子，梅原先生相當欣賞她，一幅又一幅地連續畫了好幾張畫。秀子小姐說話本來就不會拐彎抹角，忍不住發作：「老師您真是沒完沒了。我已經不想再畫下去了啦！」梅原先生面對情緒爆發的秀子，慌張不已，低聲下氣地再三懇求，她才同意繼續當模特兒。據說後來他向經常往來的畫商中村鐵透露「我現在明白上次土門君來拍我，當時他是什麼樣的心情了」。

女性的照片

—女の写真—

以前有位偉大的攝影師馬丁・蒙卡西[6]誇耀說：「我早上在倫敦的公園拍乞丐，傍晚在溫莎城堡拍攝大英帝國國王。」像我這樣的小角色只要涉及工作，什麼都拍。不過說實話，唯獨拍攝女性是我不擅長的。之所以這麼說，是因為目前為止我為女士拍照的案例中，沒有一位當事人表示滿意過。

以前我曾為作家宮本百合子攝影，據說她看到我拍的照片後說「這樣看起來好像橡皮球」，後來又去找其他攝影師重拍了。宮本女士體態臃腫並不是我的錯，但她不喜歡我拍的照片是事實。以宮本女士般聰慧，而且身為文學界社會寫實主義的代表人物尚且如此，其他女性的反應可想而知。

在我剛起步的時期，曾幫某位女性新人畫家拍照。當時為了介紹這位畫家，有份婦女雜誌準備刊登她的照片。我前往拜訪她的公寓時，第一次見識到女畫家的生活，大吃一驚。在狹小的房間裡除了畫布與油畫顏料管，還堆著鍋子、空罐、菸蒂、舊衣服、紙片、鋪在地上的被褥，不僅凌亂，甚至已經到髒亂的程度。再加上油畫顏料的氣味，與來源不明的酸味混在一起，幾乎令人窒息。所幸房間內根本沒有可坐的空餘，我坐在窗框上，像金魚般呼吸著外面的新鮮空氣。在我眼前出現的是描得細長向上揚的眉毛，陰鬱的小眼睛，渾圓的鼻子與薄唇，這些部位混合在彷彿牡丹餅的臉上。

我感到很不舒服，將視線從牡丹餅般的臉移開，這時霍爾斯坦種乳牛般的大屁股逼近而來。紅黃藍的鮮明畫具散發著歇斯底里的火花。女畫家的周圍混雜著跟畫作同樣不健康的頹廢妖氣。但既然有工作在身，我試著盡我最大的善意，希望能超越其他攝影師，將那張牡丹餅般的臉拍到最美。而且我還將瀰漫著惡臭幾乎令人窒息的骯髒房間，竭盡所能呈現得浪漫，彷彿「為藝術而生很美好」。既然出售攝影作品，有時候也不得不掩飾自己的主觀喜好。不過當攝影結束，走出屋外時，我「呸、呸」地吐口水，並且發自內心地想著「這種人想當女畫家也就算了，千萬別當人老婆」。後來有好一段時間，我在吃飯時儘量不去想那張牡丹餅臉，還有那個房間。

後來雜誌出刊後，我拍的照片在那位女畫家的朋友間飽受批評「竟然把那麼可愛的人拍

6 Martin Munkácsi（一八九六—一九六三），匈牙利出身的猶太攝影師，活躍於美國。一九三〇年代將紀實攝影的特色融入時尚攝影，發表眾多別出心裁的作品。

得這麼難看」。後來在銀座巧遇她本人，我以為她至少會向我打聲招呼，說「上次真是麻煩你了」之類，但就在跟我擦身而過之際，她轉頭看向別處走掉了。我回家後翻開雜誌，獨自嘀咕著「為什麼？我明明把牡丹餅般的臉，拍得這麼漂亮」，覺得很不甘心。

接下來，最近有本相機雜誌提出企劃案，舉辦「美女攝影競賽」，請一名千金小姐當模特兒，由六名攝影師分別拍攝，我也是其中一人。雜誌上市後，據說那位小姐的母親提出抗議，於是雜誌在隔月後刊登以下的道歉啟事：

致歉——在「六名攝影師拍攝一位模特兒」的主題中，由土門拳先生拍攝的部分，因編輯部不察造成困擾，謹向模特兒〇〇〇〇子小姐與攝影師致歉。

問題是我身為攝影師，拍攝方法毫無「編輯部不察」的問題，以我這不甚高明的照片能領到豐厚的酬勞，我非常感激，因此印象中應無「造成困擾」之處。模特兒對我拍的照片感到不滿，毫無過失的編輯部卻將責任攬在身上，令我過意不去。有位支持我的讀者試著安慰說「那張照片將模特兒的個性表現得最生動，我很喜歡」，我卻無法掩飾內心的落寞。

我覺得正如「寫真」一詞，捕捉真實景象的寫實主義，一點都不符合太太小姐們的喜好。無論如何我身為攝影師，也是寫實主義的信奉者，橡皮球般的臉就該像橡皮球，蒜頭鼻就會是蒜頭鼻，盡可能排除我的主觀意識，依照實物的模樣拍攝，但如實拍攝對女性似乎很不討喜。

雖然我主張如實呈現，現在為女性拍照時，也尊重她們取出粉餅修飾鼻頭的心情。首先我會盡可能調整相機的角度與照明，讓她們的輪廓與打扮看起來比實際上更美，就像奉為美女典範的「米洛的維納斯」或是喜多川歌麿筆下的傾城美女，這樣大概可以美化到二成。勉強達到二成，似乎還無法滿足各位女士們。修飾到五成還不滿意，十成還不夠，啊，這樣豈不是絲毫看不出本來的面貌嗎？越是拍得跟本人不像，最好媲美有名的電影明星，越能讓對方興高采烈地欣然接受。耿直如我，實在難以理解這種心態。

說到實物，或許我眼中所看到的，跟當事人認知中的自己，實際上存在著相當大的差距。我經常遇到這樣的情形，當小姐們看到我誠惶誠恐遞出的照片，出乎意料地感到不滿：「什麼，我的臉是這樣嗎？」在這樣的時刻，我將那位小姐怒氣沖沖的臉，跟我所拍攝的照片相比，很明顯地照片比較漂亮不是嗎？於是我也面露慍色。

說實話，我的視力很好，不論女性臉上有多微小的雀斑，或是鼻孔裡有一根鼻毛在動，都逃不過我的眼睛。可以透過視力檢查證明。如果我的視力在生理上來說是健康的，那麼對實物觀察的落差，究竟該如何解釋呢？

女性是透過鏡子認識自己的容貌。所以她們所使用的化妝台、粉盒鏡子、公司洗手間裡的鏡子，說不定是從以前就常見的「自戀鏡」。尤其是戰後的日本，還製造不出完全平面的高級鏡子，鏡面全都是凹凸不平變形的。這種凹凸不平的鏡面，反而可以隨個人喜好美化女性的五官，或許能呈現出自己喜歡的樣貌。再加上女性是天生的浪漫主義者，喜愛美的事物，我想這種嚮往美的浪漫主義經常脫離現實，擾亂女性對自身容貌正確客觀的認識。

再加上只要對女性的容貌或體型極度讚揚，往往不會出問題，現在的男性普遍奉行這樣的禮儀，於是男性言不由衷的恭維，或許更加誤導女性對於自己的認識。

以上說的都是些對女性不敬的話，不過這種認知上的差異，並不只限於女性，頗有意思。前幾天我為畫家鳥海青兒拍照，他對於我沒有把他自豪的八字鬍清晰地拍攝出來，感到非常不滿。「我明明有這麼漂亮的鬍子」，他邊說邊撫摸著，但他稀疏的鬍鬚幾乎都已泛白，所剩無幾。年輕時當然是烏黑有型，但他卻沒有意識到現在已經發白，變得稀稀落落。因此我不得不向他解釋：「老師您的鬍鬚已經是觸覺上的存在。不屬於視覺上，也就是無法呈現在照片中。如果用手指觸摸臉上的痘子，也會覺得特別大，恐怕是同樣的道理。」當然這種解釋就像我完全沒拍出他自豪的八字鬍一樣，絕不會讓他感到愉快，所以新聞攝影師的處境實在艱辛。

既然如此，各位或許覺得在這個廣大的世界上，恐怕沒有「我想拍攝的女性」吧？沒有這回事。無論如何我們人類有半數是女性，身為專業攝影師豈能主動放棄蘊含豐富可能的主題。

如果要具體描述「我想拍攝的女性」，那並不是一般公認的美女，而是內在精神顯露於外，面貌反映出深邃豐富的美。這樣的女性明瞭外在的美貌徒勞空虛，也能夠自然而然接受我的寫實主義攝影。如果要以洋人來舉例，大概就像已故的居禮夫人，這樣的女性能夠激發我對攝影的強烈動機。但是想起日本少數符合這類條件的宮本百合子，以及她的反應，就覺得我對女性攝影毫無自信。啊，我想拍攝的女性究竟在何處呢？

額頭的皺紋

—おでこのしわ—

我鏡頭下拍攝的女性看來不漂亮，是攝影圈公認的事實。

但即便是我，對於這樣的評價也不是很滿意，我試著從各種角度思考，為什麼會有這樣的定論？想來恐怕是因為我對焦太清晰。因為對焦太清晰，像是皺紋、斑點、白髮等，拍攝對象不願意承認的事實，都拍得過於細膩。所以我拍攝的女性照片的確不是很漂亮，不過更正確地說是遭到嫌棄。

大致上來說，我拍照時會把光圈調小，不僅限於為女性拍照時。為什麼要這麼做，因為我想讓主題如眼中所見，呈現在照片上。而我的視力又非常好，不論是對焦或是取景，我都習慣用左眼。我左眼的視力是一．五，右眼是一．二，也就是說，我擁有正常而健康的肉眼，可以看得很清楚。

去熟悉的喫茶店喝咖啡時，當我說「啊，有蚊子」，一旁的服務生四處張望「咦？在哪裡？」即使我告訴他，「你看，不就停在對面的牆上嗎？」他似乎仍然看不見。雖然離夏天還有點早，在我的視線中，很清楚地看到有隻蚊子停在對面牆壁。

某天夜裡我去那間喫茶店，發現熟悉的另一位常客沒出現。我問「他今晚沒來嗎？」。老闆娘回答「好像在附近」。原來他就在對面的酒館。「啊，他喝得正開心呢。面前有五瓶啤酒，滿臉通紅。」聽到我這麼說，「啊，真的嗎？」老闆娘與其他客人都伸長脖子看，但似乎什麼也看不見。雖然隔著馬路，聽不見對面酒館的聲音，我卻很清楚看到他正興致勃勃地跟酒館老闆娘談話。

還有，我常在其他女客離開後，說些「剛才那位客人左腳有點跛」或是「她懷孕了」這類話，令老闆娘訝異不已。換句話說，我很容易察覺到這些無關緊要的細節。

因為這些小事，雖然知道自己視力很好，我發現在他人眼中，同樣的事物跟我所見的未必相同。這樣的發現令我非常訝異。在近視的人眼中，這個世界狹小到超乎我的想像，似乎也朦朧到浪漫的程度，也就是世界在每個人眼中都不一樣。這也暗示著「主題的客觀性從何處尋」此一重大的問題，至少不能否認，確實會受到肉眼的觀察、精神的感受方式影響。譬如木村伊兵衛曾說自己有散光眼，至於眼鏡能將散光矯正到什麼程度，又另當別論，而他運用Thambar柔焦鏡頭將女性拍得甜美的獨特攝影技術，我覺得跟他視力的散光似乎一脈相承。

高村光太郎先生曾在文章裡提及我的對焦：「土門拳的鏡頭徹底揭露他所拍攝的人與

物。鏡頭的無情與土門拳本身的激情，實際上經常聯合起來襲擊被拍攝物。這種無機與有機之眼的結合相當強烈，令人感到非比尋常。土門拳本身常提到對焦，如果土門拳的照片算是真正對焦，其他攝影師的照片，恐怕大部分都沒對好。有沒有可能是這樣呢？」我發現對焦的問題其實跟肉眼有關。

儘管如此，為什麼凡是女性，都那麼在意皺紋與白髮呢？我實在不明白。因為四十歲這件事，除了邁入四十歲以外沒有其他意義。不論有多懷念十七、八歲的少女時代也不可能重返過去，或是相反地，二十歲的女孩不論如何嚮往四十歲中年婦人成熟穩重的風韻，也不可能一蹴可幾。既然如此，我認為四十幾歲或二十幾歲的人，只要接受當下年齡特有的美與氣質，不就好了嗎？

四十多歲中年婦女額頭上的幾條皺紋本身，象徵著當事人活過的人生樣貌，不知何時刻在額上，成為無法抹滅的生活履歷。我常聽說中年婦女在解決棘手的問題後，過程所承擔的憂慮會讓白髮增生。即使只是一條皺紋、一根白髮，多少也意味著當事人為生活充滿辛酸的奮鬥，因此我覺得沒有比這更重要、更美的了。正因為如此，我會調小光圈，即使連最細微的皺紋都不放過。

隨著年齡增長，身體的衰老的確令人沮喪。大致上也以皺紋及白髮的增加，同時顯露於外。厭惡白髮與皺紋，或許正透露出抗拒衰老的自然情感吧。即使不像中國古代的帝王追求長生不死的仙藥，至少也希望永保青春，但即便是看似握有絕對權力的皇帝，也無法獲得不老不死的仙藥。人們逐年老去，而後死亡，即使焦慮也無濟於事。既然如此，為什麼不能像欣賞自然的春夏秋冬一樣，享受人生的四季變化？

這種對青春的執念，會讓攝影的美學概念變得狹隘僵化。

過去我曾以特寫拍攝扮成卡門的佐藤美子，以及扮成奧黛特公主的谷桃子，一起將她們的照片以「首席女高音」「首席芭蕾舞者」為題發表。於是受到評論家批評，說首席女高音竟然滿臉皺紋，真是太可笑了。雖然我的照片並非每張都是傑作，但是這樣的批評實在令我難以苟同。

「首席女高音」僅代表歌劇首席歌手的地位。不論像已故的三浦環女士，或是歐洲許多例子，多半在中年以後才達到這個境界，就算滿臉皺紋也不足為怪。佐藤美子女士出生於明治三十六年，她在四十幾歲時終於以首席女高音的身分參加公演，已經有丈夫與小孩。在臉上厚塗的粉底下，她額頭上的皺紋，眼角下的小細紋，每一條都象徵著身為歌手所跨越及克服的數十年人生。那正是我想拍攝的，如今我已不想再拍攝漂亮的明星肖像。像「首席女高音怎能拍成這樣」的批評，不過是形式主義的概念論。

話雖如此，公開那張照片時，我的內心並不是毫無疑慮。因為佐藤女士一定不希望拍攝得過於寫實，而我卻刻意呈現，所以我懷疑下次去拜訪她時，恐怕會被撒鹽驅離。事實上從照片發表以來，我還沒有去拜訪過佐藤女士。

因此當我遇到常去佐藤女士家的年輕畫家時，私下跟他打聽。沒想到佐藤女士不但沒生氣，據說還很喜歡那張照片，想要收藏，而且還誇獎我說很少有這麼純真的人。我試著思索她所謂的「純真」究竟是什麼意思。我想大概是指很正直吧。如果在「直」的前面加上「愚」字，我想意思就更明白了。

去年年底的聖誕夜，我正好去銀座某間酒吧，老闆娘說她女兒一直想請我拍照，所以這次請務必答應。據說她女兒是歌手，有時候會上廣播節目。我當然拒絕了。「我不擅長為女性拍攝照片，還是去拜託木村伊兵衛、松島進先生這幾位擅長拍攝女性的專家吧。」於是她更積極地遊說：「我們也知道木村與松島兩位老師，不過我女兒就是喜歡土門先生的照片，說想請您為她拍照，所以請務必幫忙。」我還是拒絕。我的酒肉朋友龜倉雄策也在場，他跟老闆娘說我的壞話：「這傢伙不擅長拍女性，給他一拍，額頭的皺紋都現形了。」一副惹人厭的樣子。老闆娘回答「我女兒才十九歲，額頭還沒有皺紋，請不必擔心。」當然，直到現在，我還是沒有幫她女兒拍照。

路易・如維的眼珠

—ルイ・ジュヴェの眼玉—

正如大家所知，阿部知二先生日前赴歐洲參加國際筆會。

「我結束旅途回來了，這次的行程有些倉促與不便，如果說歐洲有什麼特別之處讓我印象深刻，那就是燦爛輝煌的西方藝術傳統。在愛丁堡的特別展欣賞林布蘭畫作，在史特拉福的劇院觀看莎士比亞戲劇，在巴黎的雅典娜劇院看莫里哀的《偽君子》（路易・如維主演），以及在巴黎音樂學院聆聽施奈德女士演奏巴哈《郭德堡變奏曲》這樣寫感覺有點像鄉巴佬進城，自己都覺得羞愧，不過能夠親眼目睹，見識超乎想像的傑出作品，對我而言是無上的幸福。」

我的視線在紙質粗糙的報紙上游移，停頓於「在巴黎的雅典娜劇院看莫里哀的《偽君子》（路易・如維主演）」這行字。可惡，是路易・如維（Louis Jouvet）主演的戲。我不清楚阿部知二是誰，但忍不住嘆息：這位長得像老虎魚的作者真是太幸運了。他竟然看了路易・

如維演的戲，我也想看啊。我想透過自己的耳朵，現場聆聽他用什麼樣的聲音說出那些台詞。說什麼「我親眼見證這場演出」，這種敘述看了就讓人生氣。雖然不曉得是誰資助他出國，啊——其實我也想去巴黎呀。

「這使我明白，不分東西方，當純粹的美成為傳統能直接打動人心，這份喜悅更延續到此時此刻。而人類如果不去崇尚權勢、快速致富與暴力，而將力量運用在正途，能夠造就真正的偉業。在現場實際觀摩接受薰陶時，我完全忘記自己身處於充滿不安與混亂的世界，恢復對人的信心。」

原來如此，既然他建立這麼崇高的信念，又獲得深刻的喜悅，不管是誰出錢讓他去歐洲都沒有白費。這篇文章刊登在昭和二十四年（一九四九年）十一月二十五日《每日新聞》早報，我小心翼翼地將它剪下來。

即使是戰前就去巴黎的日本人，出乎意料地也很少有人看過路易．如維演出的戲劇。提起巴黎，大家立刻會聯想到蒙帕納斯。蒙帕納斯其實相當於東京的神田，也就是從外地來讀書的窮學生居住的區域，他們連咖啡都喝不起，只能在附近閒晃。就像東京絕大多數的學生都不曾坐在歌舞伎座的上等席次欣賞劇作，以蒙帕納斯為據點的貧窮日本留學生與美術生，如果沒看過法國首屈一指的名演員路易．如維演出，或許也不足為怪。

不久前，我無意間聽到畫家佐野繁次郎提起如維的演出：

當幕揭起，舞台布置成一間客廳。在空蕩的客廳正中央有座火爐，這是用水乾顏料[7]畫出來的。如維悄悄地打開製作簡陋的門，進入客廳。豎起西裝領子並縮著脖子的如維，畏畏縮縮地出現了。他飾演的是殺人犯。雖然不是由他親自下手，但他來到這裡想打探行凶者與這家人，是否知道自己是幕後主使。

他在打顫，看起來很冷，他將手掌併在嘴前呵氣。由於演技逼真，在佐野先生眼中，如維呵出的氣真的就像寒冬中的白色霧氣。

這家人都不在。他的視線轉向火爐，然而如維飾演的男子並沒有走過去，只以他眼白特別明顯的雙眼不時瞥向火爐，繼續對著手心呵氣。

他似乎終於冷到受不了，瑟縮地試著稍微靠近火爐，向前伸出雙手。但是距離火爐太遠，不可能感到溫暖。於是他又畏畏縮縮地漸漸靠近，終於來到火爐旁。他高興地把雙手慢慢攤開取暖。接著他有些困惑，試著伸出一隻手掌小心地觸摸火爐，又忽然放開，然後又膽怯地伸手。他露出「什麼呀」的表情，縮著脖子。火爐根本不熱。

這名男子望著火爐。裡面似乎還有火，他從口袋裡拿出紙，揉成一團扔進火裡。接著又取出一張，揉成一團扔進火裡，於是火焰竄了起來。男子這下真的高興了，挺直了腰，伸出

7 又稱泥顏料，以胡粉添加取自天然土壤或化學的成分製成染料，再經過收乾成片狀成為顏料。

雙手取暖。

在佐野先生的印象中，當時火爐彷彿真的「轟」地熱了起來。明明那只是用泥顏料畫在硬紙板上的道具；將紙揉成一團扔進火爐也是演出來的。即使真的從口袋裡掏出紙來，火爐的蓋子也不可能打開。路易．如維的舞台表演就像歌舞伎最精湛的演出，既有象徵性又帶有真實感，能夠深深打動人心。

「所謂表演，就是心懷忍耐、謙讓、尊敬與苦惱、愉悅，不論對生命體或無生命之物，對人事物表現愛與體諒。將自身引導至這樣的狀態，也就是激發內在的力量、自我，以及戲劇具象化的神祕感，令人產生期待。」路易．如維這位偉大的表演者兼舞台美術設計、演員曾這樣表述。能夠讓用泥顏料畫在硬紙板上的火爐彷彿會發熱，「戲劇具象化」的祕密，似乎可從這幾行字找到答案。

路易．如維是我最喜歡的演員。如果有機會去巴黎，他是我最想拍攝的人物之一。美國的亨弗萊．鮑嘉（Humphrey Bogart）與愛德華．羅賓遜（Edward G. Robinson）也都是風格獨具的演員，卻無法與如維相提並論。因為他偏執而強勢的態度，又微妙地流露貴族般的高雅氣息。包括《英雄的狂歡節》裡的牧師、《犯罪河岸》的警察、《兩張臉》（*Copie conforme*,1947）的攝影師及其替身、《北方旅館》中的軟飯男，各位只要看過這四部電影中的任何一部，無論我怎樣讚美如維，應該都不會有異議。或許有人會斥責我說：「別到現在才裝出一副粉絲的模樣」，如果真是這樣，我反而會很高興。

在他深陷的眼眶中有著相當明顯的眼珠，那雙相當突出的大眼珠給人相當強烈的印象。他那挺直的鼻梁、寬闊的肩膀，以及緊閉的雙唇都相當有魅力。從他口中說出的一句句冷淡話語，反而更加激起女性的熱情。他的輪廓與其說有法式風情，不如說帶有歐洲風格，事實上他的容貌幾乎可說是歐洲的象徵。

戀慕這種情感有致命的吸引力，當我想起如維獨具魅力的身影，忽然覺得自己彷彿變成了女人，好想把臉埋在他厚實的胸膛，感受他心跳的律動。先別嘲笑我「喂，你怎麼變成女人了。」說真的，如果變成女人，恐怕連我自己都不知如何是好，但正因為這種情感可以凌駕一切現實，這也是戀慕之所以形成的原因。

在我周遭也有好幾位聲稱喜愛路易・如維的女性。他的確可以當作戀慕或憧憬的對象，但在現實中又如何呢？

事實上，如維身為法國首屈一指的演員，毫無疑問，他確實擁有名聲與財富。然而像路易・如維這種類型的中年男子，單以抽象的特質來看，譬如他難以接近、執著、強硬，有時還加上嚴厲拒絕的冷淡。這些對於日本女性來說，不論肉體或精神方面恐怕都很難相處，時間一久將無法忍受，就像《北方旅館》裡吃軟飯的男人與安娜貝拉（Annabella）飾演的少女，最後一定會設法逃離。也就是說，像路易．如維這種毫不帶有一絲溫柔的類型，我不知道歐洲人如何看待，但日本女孩是不可能瞭解其中的魅力。如果有人表示反對，說才不會這樣，那我這個日本男人可就希望無窮了。

劇照裡的如維，胸前的口袋總是稍微露出白手帕。對於洋鬼子來說，這是很尋常的禮儀，但如維這樣裝飾就顯得分外瀟灑。既然這樣，我至少可以試著模仿他帶條手帕，就算是純白的上等手帕，大概花一百五十日圓就能買到。

但我的西裝外套是正反兩穿的。我忽然感到不安，萬一胸前的口袋藏在裡側怎麼辦。我檢查了一下，雖然口袋露出來，但是因為常放鋼筆之類，邊緣已經有點磨損，露出布料的纖維。這使我體認到，畢竟那是昭和十四年（一九三九年）以六十五日圓的月薪訂製的西裝，現在就算拿手帕裝飾也無濟於事。啊，連條手帕都模仿不來，像我這樣的男人真是不中用。

好，如果我去了巴黎，逮到我的如維，又打算要做什麼呢？

我要拍攝如維的眼睛，捕捉他那冷若冰霜的眼神，也包括他眼球表面的蒼白角膜，以及分布在眼球上的紅色微血管。我將借助鏡頭，將光圈調到最小，在閃光燈三百分之一秒的強光中，讓影像停留在天然色底片上。

儘管我有這樣的想法，也很常讀那篇散文，卻無法讓如維真的站在我的相機前，這是我畢生的遺憾。但我想祈求上蒼保佑如維，以及畢卡索、馬諦斯等本世紀最優秀的藝術家們，在我還沒去巴黎前，請他們千萬別像雷諾瓦一樣躺進棺材裡。

以上是我在昭和二十五年（一九五〇年）一月寫的文章。刊登在《展望》雜誌五月號。昭和二十六年（一九五一年）八月十七日早晨，當我看報紙時發現在第三版的下方，特別以黑線標示路易・如維的名字。我忍不住叫出聲：「啊？如維竟然死了！」

（巴黎十六日發美聯社報導）著名的法國戲劇暨電影演員路易・如維於十六日在巴黎過世。享年六十三歲。他在《舞會的名冊》《北方旅館》等片展現精湛的演技，對於喜愛法國電影的人來說，是位相當令人懷念的名演員。

路易・如維在巴黎雅典娜劇院為葛拉罕・葛林（Graham Greene）的劇作《權利與榮耀》執導時，因心臟麻痺而倒地不起。

久保田萬太郎的鼻子

—久保田万太郎の鼻—

幾天前，在一個炎熱的午後，我為《文藝》雜誌的專題，拍攝久保田萬太郎先生。總編輯巖谷大四先生帶我去西銀座七丁目，位於巷子深處的旅館「清岡」。在旅館二樓小巧整潔的房間，久保田先生身穿輕便和服，正在寫稿。久保田先生跟我是初次見面，過去劇評家安藤鶴夫先生也曾多次推薦我為他拍攝照片，現在終於有機會。久保田先生也滿懷期待，等著我們到來。

拍攝時，我拜託他一定要換上黑色的單衣之類。久保田先生說「這樣就好」，但我懇求他「那件輕便和服跟我的睡衣很像，總覺得有點怪」。旅館的女侍立刻帶來替換的衣物。這件單衣的質料是黑色略顯時髦的綢布，很適合久保田先生，但他還是拒絕了，「穿別人的衣服，不是有點奇怪嗎？」巖谷先生試著安撫他「照片看不出來」。「欸？」由於久保田先生反問，巖谷先生進一步說明：「從照片上看不出來，您不是穿自己的衣服。」於是久保田先生終於換上單衣，不過這次他又說：「這件衣服如果裡面沒有搭配中單衣會很奇怪。不巧我的襦袢拿去送洗了。」巖谷先生繼續安撫他說「只要衣襟的開口適中，就看不到襦袢了」。

雖然知道久保田先生是道地的江戶之子，但他對衣著細節的講究還是令我訝異。不過，關於照片上的服裝，我覺得巖谷先生的說明也頗有意思，其中有部分牽涉到攝影屬於視覺藝術的本質。我會請久保田先生換下輕便和服也有原因，並不是因為正好跟我的睡衣相同。我自己也曾接受過《東京新聞》石井幸之助的攝影訪談，發現上等質料的衣物，在照片上最能維持氣勢與風格。當然就算是為了拍照，換上平常根本不穿的衣服，多少有些不自在。不過仔細想想，肖像攝影本來就是供人觀賞，也必須端得上檯面，基本上就跟外出一樣。

經過一番折騰，我們終於讓久保田先生坐在書桌前，我開始對焦。正如大家所知道的，久保田先生相貌堂堂，尤其臉部正中央盤踞著大鼻子，奇妙地有種難以形容的可愛。前些日子在歌舞伎座舉行的「文藝春秋」創社三十週年紀念活動，他將這張臉塗滿白粉，扮演歌舞伎《鈴之森》裡的白井權八，在舞台上散發著同性戀少年靈秀的魅力，頗受好評。我沒有在現場目睹，從眼前久保田先生未上妝的素顏，實在難以想像跟劇中人有關的蛛絲馬跡。

說到《鈴之森》的白井權八，我只看過前代市川羽左衛門與尾上梅幸的演出，不論是羽左或梅幸，都沒有像久保田先生這樣豐滿的鼻子。我邊為相機對焦，邊多餘地揣想著：這個鼻子撲上粉之後，究竟會是什麼樣子？忽然，久保田先生低聲說：「土門先生可別拍讓我顯醜的照片呀」。我心頭一驚，連忙辯解「我絕不會故意拍讓人顯醜的照片，只是儘量保持自然，如實拍攝而已」，他聲稱「不，真的讓人很尷尬。土門先生的照片很可怕喲」。我笑著說「你在暗示我」。久保田先生也笑了，「我想先知會一聲，結果才不會太意外」。

倒不是因為久保田先生的提示，我一直儘量避免正對著他的臉。如果鏡頭朝著正對面，在左右兩側鼻翼陪襯下，鼻子很自然地會位於照片正中央，最後拍出凸顯特色的照片，那正是久保田先生所不樂見的。就算他本人沒意見，當讀者看到這張照片時，只會將當代著名的作家、詩人、表演者——久保田萬太郎先生的一切，都歸結到正中央的鼻子上，那絕不是我的本意。

但不知道怎麼回事，久保田先生一直將正面對著我。我打算從斜側臉拍攝，讓鼻子如鑰匙齒般呈現，但他一再朝鏡頭看過來。或許是因為內心忐忑不安，擔心土門這傢伙會不會把他拍醜了？每當我在拍斜側臉時，他的表情總有些不自然，拍攝正面時卻顯得穩定沉著，能夠正對著鏡頭。根據我的經驗，習慣拍攝正面照是明治時代人物的特徵之一。由於久保田先生出生於明治二十二年，或許可說是目前少數僅存的明治人之一，不過他總是習慣把臉朝向鏡頭，我也很困擾。沒辦法，只好就這樣從正面拍攝了。久保田先生的鼻子究竟有多明顯，那也不是我的錯，要怪的話，就請他怪罪賦予這個鼻子的雙親吧。我下定決心，朝著久保田先生那碩大的鼻子，尤其右翼與鼻梁交會處有一道傷痕，小心翼翼地在鼻頭對焦，按下快門。**啊**，我又落入陷阱，將再度受到譴責，坐實把人拍醜的惡名。

雅子夫人的顴骨

—マダム・マサコの頬骨—

著名的洋裁專家雅子夫人，雙頰有著高顴骨。因為她的體態比較豐腴，所以顴骨不會顯得高聳而尖，臉型比較像橡皮球般圓潤。在她圓潤豐厚的臉頰上，恰巧有著太陽般的紅暈。我每次看到她泛著紅暈的雙頰，就想到正倉院藏〈鳥毛立女屏風〉畫裡的天平時代美女。雅子夫人並不是所謂的典型美女，但臉上有著健康生動的表情，可說是位現代美女。

我早就想拍攝她，這次她的著作《時裝導覽》即將出版，終於等到機會。我在雅子夫人的工作室拍了數十張照片。其實她著作的扉頁只需要一張照片，但我被她圓潤的雙頰吸引，頻頻按快門，不知不覺就拍了幾十張照片。然而拍出來的成果她一點都不喜歡。「哎呀，土門先生怎麼都從凸顯我顴骨的角度拍攝，討厭，我不喜歡啦——」她表示抗議。對我而言，我的確是以夫人最具魅力的角度與拍攝時機按快門，卻適得其反，惹她不開心。

後來再去拜訪她的工作室，夫人拿出一本《SOLEIL》給我看。《SOLEIL》如大家所知，是由中原淳一編輯的婦女雜誌。其中有好幾張夫人在工作室的照片，由《SOLEIL》專屬攝影師東正治拍攝。我也曾為這本雜誌拍過兩、三次照片，不過中原先生在刊登照片前，都會針對臉部修片。譬如像眼睛，總會被畫成「淳一風」那如少女般搭配長睫毛、如夢似幻的神情。即使對象是上了年紀，堪稱為婆婆的婦人，同樣修改為有著長睫毛、作夢般的眼神。當然像鼻梁、嘴唇，也全都改為淳一風格的少女模樣。因此當雜誌出刊時，身為攝影師，看到之前拍攝對象的臉變成截然不同的樣子，令我震驚不已。

《SOLEIL》所刊登的雅子夫人照片，不論眼睛、嘴唇都照例修改過。而最令我訝異的是，我個人可能特別偏愛的圓臉頰被修得好瘦。夫人的臉本來像正倉院鳥毛立女般豐滿，但修圖後彷彿得了肺病般瘦削。這樣的手法，任何人一看都知道動過臉部的輪廓。「這樣太亂來了」，我不自覺大聲抗議，「這豈不是跟夫人您一點也不像嗎？」於是她回答：「不像也沒關係，我覺得還是把顴骨修飾過比較好喔。」

近藤勇的照片

—近藤勇の写真—

我認為所謂的肖像攝影，包括某個特定個人的整體樣貌。儘管試圖以照片捕捉某位男子的整體樣貌，但舉例來說，某位稱為A的男子，不會是永遠不變的A。一名男性經歷幼年、少年、青年、中年、老年各時期，不論在年齡或社會層面都區分為幾大階段，該名男子的性格也未必始終不變。而且所謂的照相攝影，當事人必須處於某一時間、地點，也就是在特定的具體條件下完成。譬如就算將男子A的樣貌拍攝成照片，除了證明那是男子A在某個場所、某個時間或某一瞬間的樣子，沒有其他意義。既然如此，肖像攝影所謂的整體樣貌，難道是藉由攝影師以自我滿足的主觀意識所完成的嗎？

的確，如果由攝影師主觀地決定：男子A是這樣的一個人，僅止於攝影師的「詮釋」將會非常危險。如果不去詮釋，怎樣才能讓個人的整體樣貌化為客觀的事實，由攝影記錄下來？

過去在我剛開始接觸攝影的時期，不只是肖像攝影，對各種類型的攝影都尚未建立自己的詮釋，這時總覺得很難拍攝。經過數十分鐘、幾小時的接觸後，瞭解原來這個男人是這樣的人啊，建立了自己的判斷之後，我終於能夠放心按快門。

然而經過十五年的歷練，我對於攝影師主觀的詮釋與理解，究竟在一張照片能表現到什麼程度感到懷疑。脫離攝影師個人的主觀意識，一張真正優秀的攝影作品仍然是一張好照片。即使攝影師個人的主觀想法與詮釋經常遭到背叛，但是一張好照片仍然不改其價值。沒有攝影師主觀的詮釋，仍可將客觀的事實轉化為影像，拍成照片。攝影採用的技法與攝影師主觀的詮釋無關，最後呈現出客觀的表現。

不只是肖像攝影，所謂的好照片並不是呈現出攝影師主觀的感動，而是讓實物經過影像化之後，以主題的真相打動人心，也就是攝影寫實性的問題。如此一來，攝影師應盡的職責，就是避免主觀地、觀念性地詮釋主題，必須以技術性、機械的操作，將主題的真實性置換為照片的寫實性。也就是具有高度技術性，如工匠般的嫻熟操作才是關鍵所在。

所謂攝影，無關乎攝影師的意圖，機械技術方面的操作，對於攝影的結果有決定性的影響。譬如為了呈現唇色的紅，使用富士全色乾版設定為F22，曝光一秒會是適當的曝光值，如果曝光十秒反而會呈現泛著淺灰色的紅。即使維持同樣的光圈與曝光值，搭配櫻花全色乾版或東方高級人像用乾版，又會呈現出不同的效果。也就是說，就算只是鮮紅的唇色，如果不轉化為機械技術方面的條件，就無法表現出這樣的紅。

為了掌握主題的寫實性，各種機械技術條件不能仰賴攝影師的主觀想法，必須為主題擁有的客觀條件賦予至高無上的權力，譬如額頭上有三條皺紋，那就是三條，絕不可以變成兩條或是徹底消失，並以此為前提考量光線。顴骨突出的臉絕不會拍成鵝蛋臉，並以此決定攝影的角度。從社會的角度來看，攝影最重要的條件就是照片不含攝影師的主觀詮釋，如果照片中拍的是男子A，就要像男子A。就像拍攝路旁的水窪、以天空為背景的電線或流雲，把男子A的臉如實拍下來很重要。也就是揚棄攝影師的一切主觀意識，越是能機械性冷靜地將男子A記錄下來，這張照片越有價值。

納達爾（Nadar）所拍攝的喬治・桑（Georges Sand）、古斯塔夫・庫爾貝、莫泊桑（Guy de Maupassant）的肖像照，都如實地反映出他們的樣貌，因此富有價值。我們所重視的絕不是納達爾對他們的主觀詮釋。在幕末時期的照片中，有一張新撰組武士近藤勇[8]的坐姿全身照。他手上握著的長刀或許就是著名的「虎徹」，刀鞘延伸至左膝上，他以神經質的表情注視著鏡頭，這張照片將他身為武士的風貌留傳至今，堪稱是相當出色的肖像攝影。

我不知道這張近藤勇的肖像由誰拍攝，無論是拍攝這張照片的攝影師或是納達爾，在攝

8 近藤勇（一八三四—一八六八），幕末武士，新撰組局長。一八六四年在池田屋事件率領新撰組重創倒幕派，一八六八年於戊辰戰爭中遭逮捕斬首。

影發展初期的肖像攝影都有優異的寫實性，值得今日的我們深思。

那究竟是為什麼呢？

在攝影剛開始發展的初期，不論鏡頭或感光素材都還很克難且使用不便。當時的攝影師都是走在時代尖端的知識分子，比起如何透過攝影詮釋人物，能夠成功拍出照片才是最重要的。光是設法拍出照片，在機械與科學方面的操作就已經讓人費盡心力。被拍攝的人物面對鏡頭時也希望留下自己的身影，所以像近藤勇會將「虎徹」擱在膝上，屏息數十秒直視著鏡頭。無論拍攝者或被拍攝對象，在意的並不是主觀意識或如何詮釋等細枝末節的想法，而是能否拍攝成功，也就是在名為「記錄」這種機械性、技術性的操作中，成為意見一致的共同體。

像即是形。換句話說，當時必須盡一切努力，才能將生命的姿態、樣貌留下來。在明治初期甚至流傳著「拍照會減短壽命」這樣的說法，因為所謂攝影，也就是將生命的樣貌如實拍攝下來，光是這樣就可能讓被拍攝者的身影，亦即生命變得稀薄，這無疑是令人們畏懼的原因。拍照者，也就是攝影師的主觀詮釋等根本不是問題。在攝影剛問世的早期，照片只可能以寫實主義的面貌呈現。

所謂寫實主義

—リアリズムということ—

寫實主義的照片，就是熱愛真實、表現真實、訴說真實的照片。究竟何為真實？大家最容易犯的錯，就是將真實與事實混為一談。在我們周遭充滿著無數、無限的事實。事實既是現象，也是現實。我們即使不加思考，也能立刻明白，譬如現在是晚上，這雖然是事實，卻不能算是真理。唯有具體掌握這對我們而言是個什麼樣的夜晚，它才會成為一種真實，也就是說真實自始至終是歷史性的，也是人性化的。

肖像攝影必須是一種個人寫照，訴說當事人過去與現在的種種，也是一種自傳。但若是非常優秀的肖像攝影，或許可以藉由現在呈現未來。奧地利表現主義的傑出畫家奧斯卡・柯克西卡（Oskar Kokoschka）曾為某位男子描繪肖像畫，據說每個人看到這幅畫都覺得畫中人是個瘋子。當然，柯克西卡是以正常人為模特兒，但是幾年後，柯克西卡所畫的那名男子發瘋了。知道這件事的人都訝異於柯克西卡身為畫家的敏銳覺察力，竟然能夠透過畫作預言未來的命運。柯克西卡的那幅肖像畫令人感到陰氣，不只是偶然與事實吻合。

在三好十郎的劇本《火焰之人》第四幕，梵谷與高更在亞爾的畫室裡也有類似的對話。

梵谷：「這幅畫畫的是我嗎？」

高更：「那還用說。」

梵谷：「畫裡的我看起來好像瘋了。我在你眼裡難道是這樣嗎？」

高更：「我沒有刻意要畫發瘋的樣子。我只是畫出我所看到的你。」

梵谷：「不，你就是認為我瘋了。一定是這樣。」

這幅高更描繪的梵谷肖像，現正由巴黎的盧森堡博物館收藏。畫中梵谷的感覺正如《火焰之人》對話描述。後印象派天才畫家高更筆下的梵谷肖像，不同於梵谷的自畫像，是幅帶有陰氣的畫像。

就像傑出畫家可以描繪出人物的過去、現在、未來，或是高明的面相師能夠解讀對方的過去與未來，我們這些肖像攝影師，是否能浮雕出模特兒的過去、現在及未來？身為攝影師，我相信面相學的存在有其意義。根據天地五行說建立的易經理論有時準有時不準，不太可信，但面相學有一定的道理。

我們可以觀察人的臉。「察言觀色」雖是指觀察對方的感情變化，但連小孩也能從臉孔察覺對方的個性。要讓一幅肖像照成為人物的寫照，主要條件在於觀察對方面貌的洞察力。

關於肖像攝影

—肖像写真について—

所謂的肖像攝影，是以具有歷史、社會意義的角度，為個人留下紀錄。

如果地球上有二十億人，就有二十億張臉，而且沒有一張臉是相同的。

所謂美麗的臉，是對情感表露有所節制的面孔。自古以來就有視線朝下的委婉表現。

女人哭泣的臉，絕對不會是美麗的。但如果看到低頭啜泣的女子後頸，即使是怒火中燒的男人也會心軟。

據說女性的臉是從略高處往下看的角度最美。這句話大致上沒錯。

拍攝對象覺得是缺點的地方，其實卻意外地可能是唯一有魅力的部分。至少也要試著將缺點轉化為魅力，這可說是攝影師的善意。

如果想拍攝女性最美的樣貌，恐怕只有成為她的情人才能辦到。以模特兒與攝影師的關係所拍攝出的女性之美，畢竟有限。

所謂「跟那個人很像」，與當事人本身，未必一致。

有些照片讓人覺得「時機掌握得很好」。但是拍得太恰巧的照片，反而顯得虛假。

眼神反映出氣力。

氣色反映出生活。

聲音呈現出教養。遺憾的是，聲音無法成為照片的主題。

執著於照片中瞬間的表情，其實很愚蠢。每個人都是有時哭、有時笑。

隱藏在內心深處的感情，會出現在嘴部周遭。儘管眼神或話語什麼都沒有透露，只要觀察一位女性的嘴，就知道她的答覆究竟是「是」或「不」。

老態最容易顯現在背影，悲傷也是——

各種藝術皆如此，在藝術的最高境界將會忘了手段。所以欣賞攝影作品的人，將會忘記那是照片的事實。

拍攝對象與拍攝者之間，透過自由契約關係所產生的就是肖像攝影。所以被拍攝者從一開始就表現出跟平常不同的樣子。但是要讓被拍攝者完全沒有意識到有人正在拍攝自己，才是今後最重要的課題。也就是絕對不是刻意表現、完全屬於快照的肖像攝影，才是今後的目標。

越是勇於讓訪客吃閉門羹的頑強對象，越能讓人拍攝出精彩的肖像照。如果一開始就遭到拒絕，攝影師應該要試著更積極。

如果拍攝對象有被強迫的感覺，就拍不出像樣的照片。要是沒費盡心力讓對方產生「一切交給你」的信任，那還是不行。氣魄是最重要的。

被拍攝者如果能完全相信攝影師最好。這也是最快獲得解脫的一種方法。

打光是種強調與省略的手段。
低角度會讓主題變得抽象。
高角度是在說明主題。

焦點就在眼睛裡——光圈要盡可能調小，快門則是設定得越快越好。

所謂的好照片不是拍攝出來的，而是自然出現。只有在計算落空的時候，才能獲得這樣的作品。我稱之為鬼幫忙拍攝的照片。

攝影師的眼睛透過相機總是朝向他人。由於觀察他人，不知不覺培養出犀利的眼光。但就像相機鏡頭不會拿朝向自己，有時對自己會評價過高。這是攝影師悲哀的宿命，也是可怕的陷阱。

所謂的肖像攝影，可說是藉由相機描繪，也是被拍攝者的自畫像。

系列照片與整組照片

―連作と組写真―

單張照片與系列照片、整組照片，都是攝影的形式。這三種形式都是基於作者的構想，所導致出必然的結果。

整組照片的形式，是由好幾張照片表現一個主題，因此對於同一主題會拍攝多張照片。也可以說，這是由攝影師對此一主題的解釋主導。即使是同一主題，也會有早晨、午間、晚上三種狀態，所以無論如何都會拍出三張照片。但是無論拍攝幾張或數十張，每一張照片都應該視為獨立的作品。每張照片本身，都必須有足夠的表現力。有些情景無法以單張照片表現，譬如吃飯、喝茶，所以如果拍攝數張照片，表現原本以一張照片就能解決的內容，絕不是整組照片。這點經常遭受誤解。許多業餘愛好者以為將數張照片漂亮地排列在一起，就是整組照片，其實完全錯了。

什麼是系列照片？它是由數個拍攝物構成一個主題。系列照片的日文「連作」是受俳句「連句」的影響，不過正如剛才所提到的，設定一個主題，在這個主題之下選擇幾樣拍攝物，成果就是「系列照片」。

因此系列照片最簡單的形式就是「某件事的過程」，也就是「到完成為止的照片」。為了蓋一間房子，要從基礎工程開始，立下柱子、鋪上屋頂、建造牆壁、架設梁木、裝上窗戶或紙門。拍攝這一系列過程，也就是「到完工為止」的照片，我認為這是系列照片。因此，地基的照片就是地基的照片，屋頂的照片就是屋頂的照片，根據一張張照片中的拍攝物，表現整個過程。

「茶碗完成的過程」則包括練土、拉坏、上釉、入窯焙燒。在這樣的過程可以完成一只茶碗，從中可看出材質在時間上的變化。如果只展現陶土，接下來緊接著完成的茶碗，則無法瞭解其中的過程。或是只有原木的照片，緊鄰著蓋好的房屋照片，同樣無法幫助人理解。光憑兩張照片，無法連結開始與結束。如果要銜接整段過程，需要數張照片。每一張照片當然都需要快門時機、相機角度與位置的配合，因此整組照片可以由二十張照片構成，也可以是五張或幾百張。在解說的過程，如果只備齊必要的元素就能達成目的，即使不加入細節也沒關係，照片的張數的確可以減少。不過，本來就不會有由數十張、數百張照片構成的整組照片。

假設我以江戶茶碗為主題，拍攝照片。在這種情況下，如果只橫向拍攝一張照片，無法傳達出江戶茶碗的風貌。雖然可以表現出某種程度，但無法表現整體。茶碗的底部是什麼樣子？光從這張照片無法得知。在這樣的情況下，只能將茶碗翻過來拍攝底部；如果還想拍攝背面的話，就只能將它轉半圈拍攝；要是想知道內側是什麼樣子，就要從正上方拍攝。像這樣從各個角度取景，終於得以一窺江戶茶碗的全貌。這是以一只江戶茶碗為主題，經過層層拆解後得到的結果，因此有系列照片存在的必要。

大致上來說，整組照片必定要求的條件是：表現主題在時間與空間的變化，當此種表現成為內容最重要的部分，就有必要以整組照片呈現。不過正如前面的例子，如果想表現江戶茶碗豪放的特質，就不需要整組照片，只要用單張照片就能表現，那就只拍一張；如果光憑單張照片無法表現，就從不同角度拍攝出多張照片，傳達雄渾豪邁的魅力。從這裡可明顯看出整組照片與單張照片、系列照片的具體差異。

如果以純粹的表現為目的，只拍單張照片是正確的；如果想說明時間、空間的變化，以整組照片拍攝為佳；如果從各種角度拍攝某一主題，藉以完成目的，則適合移動視角的系列照片。為了滿足這些條件，即使試著改變方向，實際上並不容易。有時也可能讓主體消失。這就是所謂「主題不明確的照片」，這麼一來，已經無法構成像樣的整組照片。

因此整組照片的排列方式，如果只是依照時間順序一張張地排列，仍不足以構成真正的整組照片。譬如在跟拍一個人的時候，並不需要讓對方出現在每張照片，也可以只拍這個人戴在頭上的帽子，或是掛在衣帽架上的費多拉帽，那也算出現的一種方式。所以不是說想拍某個人，只顧著跟拍，然後加以整理就是整組照片。

拍攝整組照片或系列照片時，必須引以為戒的是：以為即使每張照片都很弱，但只要組合起來後整體很有氣勢，令人印象深刻就好，所以就草率地拍攝一張張照片。這樣完全錯誤，每張照片都必須要認真拍攝。

系列照片需要一個共通的主題。譬如像我的作品〈江東的孩子們〉，拍攝的是在東京東側的下町生長的孩子們，以及貧困的生活、當地的風土與傳統。如果變換時間與空間拍攝這個主題，可以構成整組照片。然而我是從各種角度拍攝江東的孩子們，也就是根據一個主題拍攝成系列照片。因此所謂的系列照片與整組照片，在本質上並無太大的差別。

隨著觀賞角度不同，有些作品可以是系列照片，也可以是整組照片，富有一定的彈性。也就是整組照片捕捉了許多變化，有時可以提出結論，有時不能。整組照片按計畫最終提出的結論有時無法令人滿意。拍攝者可以經歷更多與現實的衝突，瞭解自己、持續學習，朝這種有柔軟度的立場調整，就會想採取系列照片這種自由的形式。大致上整組照片的主題都帶有說明性，為了引導出結論，必須以一張張照片作為具體的證據。因此以難度而言，可說整組照片高於系列照片。

—画題のつけ方—

如何為攝影作品取標題

——標題與構想直接相連

「暴雨」或「雨線」？

看著已完成的照片，邊思考要取什麼標題頗為愉快。想出好的標題，跟拍攝精彩的照片，有著截然不同的樂趣。我覺得標題甚至能讓照片看起來更生動。相反地，如果遲遲想不出好的題名，就會覺得作品彷彿尚未完成而不安。

照片本身可以提供觀賞，因此有沒有標題或許不是什麼大問題，但是只要作品讓人欣賞，有題名感覺比較容易親近。像是「標題？不需要啦，看了不就知道了」這樣的態度首先就有失禮貌。

當然，光憑標題不會讓作品產生任何變化。為了取標題比攝影花更大的心思是愚蠢的，不論取了多麼美好的題名，粗俗的照片也不會變得高雅。有好的標題當然很好，但是沒有必要對此過於執著。

在攝影比賽或每月評選的三階段初選，題名並沒有列入考量，反正落選照片取了什麼標題，根本無關緊要。等入選作品進入最後決選，才會唸出作品的題名。在總共邀請約十位評審的大型比賽，如果唸出的標題跟作品落差太大，評審們會哄堂大笑喊著：「落選、落選！」加以淘汰。如果太過做作、冗長的題名也會引起評審反感，無論如何一定會設法扣分。評選的過程本來就是在挑毛病，對於處在入選邊緣的作品，既然標題不好就讓它落選。我在攝影比賽或每月評選擔任評審時，發現不可思議地，題名取得好的作品通常也很優秀，題名取得不好的作品，大致上也水準偏低。

那是因為標題與構想有直接的關聯。當構想還不成熟時按下快門，照片拍出來後也不知道要如何取題名。有時業餘攝影師會拿照片給我看，請教我該取什麼標題，如果那是好的作品，我的腦中立刻會浮現題名，反之則想不出來。怎樣都不合適，搜索枯腸，反問對方「你究竟想表現什麼？」「這個嘛……」連拍攝者本人都毫無概念。

總之，那只是不知何故按下快門，照片洗出來後因為對焦準確、看起來好像不錯，於是就放大。放大之後想參加每月的評選，於是需要題名。雖然畫面拍得很清晰，但也僅止於此。在按下快門的瞬間，構想並沒有成熟。「既然這樣，將標題取為《無題》不就好了？」一旁有人開玩笑說，作者本人當然不會滿意。最後這幅照片根本連題名都沒取，只成為一張無意義的照片，也根本沒送去每月評選等競賽。

大致上來說，當我按下快門的瞬間，就已經想到標題。一旦發現主題，就忽然靈光一現，我瞬間就知道那象徵著什麼，同時按下快門。當下腦海也浮現出題名。也就是說，在按下快門的瞬間，我幾乎不曾對於自己為何感動，想要拍攝什麼毫無知覺。或許有人會說「儘管如此，你不也常拍些沒什麼特別的照片嗎？」那是因為我很容易從沒什麼特別的東西獲得靈感。

標題與構想直接相通，話雖如此，如果只執著於按快門瞬間的靈感，很容易失敗。因為作品常常會背叛原先的構想。我在《攝影沙龍》（一九五五年十月號）發表題為〈暴雨〉的照片，即是作品背叛原意並偏離題名的例子。

在〈暴雨〉的攝影札記，我是這樣寫的：

「午夜，我鑽進被窩，當我盯著電燈已關、陷入一片黑暗的天花板時，聽見激烈的雨聲打在屋頂與窗板上，頓時想到『雨打石』這樣的主題。好極了！我決定明天就來拍攝，抱持美好的期待入睡。然而第二天早晨當我醒來時，雨已經徹底停了。接下來我每天都在等待下雨，也先找好了碎石場，只要一下雨就準備趕過去。然而雨一直沒下。隔了幾天之後，終於下雨了，而且是傾盆大雨，我立刻帶著相機飛奔過去。然而『雨打石』拍不成，只看到濕漉漉的石頭，完全看不出雨打的效果。這跟我腦海中的想像完全不同，於是我放棄拍攝石頭，改拍路上的雨。唯一的收穫就是學到經驗。」

那天的確下了猛烈的暴雨。很快地街道如水池般積水，雨水像無數銀箭般刺向大地。然後銀箭又化為狀如皇冠的水花四散。我一邊保護鏡頭不受雨水濺到，連續按下快門，自己渾身濕透。離拍攝物最近距離三英尺半，開放光圈，快門五百分之一秒。我想雖然「雨打石」沒拍成，至少還有「暴雨」。我將洗出來的照片交給編輯北原守夫君。等雜誌終於出刊，距離拍攝時間已過了一個月。然而，從刊在卷首標題為〈暴雨〉的系列照片，完全感覺不出來是傾盆大雨，把雨勢拍得像古池泛起水泡。一般來說，用五百分之一秒的快門拍不出雨線，也拍不出水花與飛濺的雨線，這是我後來才知道的。至少標題改為〈雨線〉可能會更恰當，那樣的話《攝影沙龍》的讀者或許更能明白在表達什麼。不過那也是我的後見之明。

以〈暴雨〉為例，這張照片徹底背叛了我的構想，而我花了一個月才察覺到。儘管如此，構想絕對是必要的，而且題名與構想直接相連。然而在激動情緒中產生的靈感，最好不要草率地作為標題。

是「竹」還是「雨」？

《週刊攝影》（一九五五年九月七日號）刊登了西山清題為〈竹〉的照片。畫面看來似乎是在拍攝京都料亭的庭院，整體呈現出沉靜的氣氛。器材與參考數值為：Elmoflex Model V雙反相機、ZUIKO F3.5鏡頭、光圈f5.6、快門1/50秒。雖然是幅好作品，但我對〈竹〉這個題名有些質疑，或許應該是〈雨〉而不是〈竹〉。正巧我在尼康俱樂部的幹事會遇到西山先生，立刻告訴他我的想法。西山先生回答：「果然應該是〈雨〉，而不是〈竹〉呀……」似乎有所預料。西山先生自己在取題名時，或許也曾猶豫到底該選〈竹〉或〈雨〉。

庭院中用來遮蔽視線的黑色板條牆被雨打濕，留下無數黑線般的雨跡。被雨打濕的笹竹葉梢，即將滑落的水珠正閃耀著。石燈籠頂端的裝飾、白牆上的瓦都被雨淋濕了，從這張照片，彷彿可以讓人靜靜地聽到雨聲。

然而，這個畫面決定性的主題是雨，而不是竹子。照片中的庭院一隅至少由黑色板條牆、白牆、竹子三個要素構成，其中竹子並沒有占決定性的比重。如果要讓竹子成為主題，相機角度必須往右移，而且鏡頭一定要稍微朝下。這樣，在〈竹〉的畫面中，白牆與黑色板條牆遮蔽視線的部分應該會脫離框架。笹竹搖曳生姿的葉片占了整個畫面，只有石燈籠的頂部裝飾成為點綴，為畫面帶來張力。這樣才叫做〈竹〉。

西山先生的〈竹〉，構想明顯來自雨。因為開始下雨，所以產生拍攝的念頭。我也知道很多京都寺社或料亭的這類庭院，由於過於幽靜，沉鬱到無聊甚至死氣沉沉的地步，絕不會讓我想拿起相機拍攝。除非是小鳥在其中輕輕躍步，或是颳風下雪，才會帶來一線生機，讓人想採取行動。西山先生邊眺望眼前的庭院，趁剛開始下雨，找到按快門的時機，不得不說他是懂得如何讓風景更生動的攝影師。

「倘若腹中無臍」與「落英繽紛」

我們最好避免帶有文學色彩，過於冗長的標題。最好以自己為什麼會想拍攝這個主題，透過簡潔的字詞表現主要的構想為佳。題名越長，越容易淪為說明。藉由標題說明攝影是種禁忌。如果必須解釋攝影無法直接表達的資訊，譬如日期時間、場所、人名、地名、數量等，應該在標題之外附加「照片說明」。

我有一幅作品，題為〈夏季短夜，銀座後巷逮捕竊盜現行犯〉，發表在研光社的攝影叢書《夏季攝影》（一九四九年八月發行），這很明顯是將解說與標題合併。其實〈夏夜〉或〈竊盜現行犯〉即可。不過當時我剛開始形成「攝影是用眼睛觀賞」的主張，對於新聞攝影蘊含的說明性有些厭煩，這樣的心情也表現在標題上，現在看來不無懷念。

我在同系列叢書《特寫》（一九四三年五月發行）還發表系列作品〈關於肉體的八章〉，這八張照片的題名分別是「第一章　玫瑰雖美卻有刺」「第二章　我的足跡留在地上二十八年」「第三章　生如非洲撒哈拉沙漠入海小河」「第四章　倘若腹中無臍」「第五章　跪拜俯伏，神明不予理會」「第六章　深夜繁花盛開之樹」「第七章　用輕量包裝紙裹起白桃」

「第八章　為誰敞開心扉」。光看標題，完全無法想像是什麼樣的照片。我還特地為題名附上法文翻譯，並且在攝影札記這樣寫「若說為什麼要附法文翻譯，我想為這一系列散文風的嘗試增添些許做作的效果。最近我們有一群志同道合的人集結成『日本反感派』文化團體，這系列照片是我身為反感派成員，跨出攝影實踐的第一步。」

當然所謂「日本反感派」這樣的文化團體，無論當時或現在都不存在，這都是我虛構的。當時我對織田作之助頗有共鳴。在戰前我是武田麟太郎的門徒，織田作可說是戰後版的武田，因此我對他感到認同，想成為輕佻令人反感的「肉體派」。不過這當然只停留在精神狀態，在現實中我尚未從戰時的營養失調恢復，穿著布料變形的混紡西裝，只有凹陷眼窩裡的眼睛炯炯有神。當時我常喝的是銀座「三色旗」咖啡館加了代糖的咖啡、新橋「蛇之新」酒館的酒粕燒酎。〈關於肉體的八章〉其實是織田作〈哎喲喂呀！〉的攝影版。我是刻意取了那些帶有文學性的長標題。

說到文學性的標題，戰後的濱谷浩也有取名為〈落英繽紛〉的攝影作品。那是他讓自己的愛妻站在櫻花樹下刻意拍攝的照片，以攝影的形式代替浮世繪版畫常表現的春天訊息。當時的濱谷或許以「日本浪漫派」自居，跟他現在「裏日本」系列作品差異太大，就跟我的〈關於肉體的八章〉一樣，如果不放在終戰後的歷史脈絡，或許難以理解其中的意義。不過標題〈落英繽紛〉的語感很美，意象也很鮮明關於照片的記憶現在已模糊不清，但是對於標題我到死都不會忘記。

現在回想起來，不論是我的〈關於肉體的八章〉，或是濱谷的〈落英繽紛〉，都是源自文學構想的攝影作品。既然標題與構想直接相關，自然會衍生文學性的長標題。不過像「倘若腹中無臍」這類以假設作結的題名，使觀賞的方向侷限在眼前的凸肚臍，就不是正途。攝影是用眼睛觀賞，凸肚臍就只是凸肚臍的照片。從這張照片是否要聯想到「腹中無臍」，那是觀賞者的自由。想讓人產生聯想是攝影師的一種態度，我自己很明顯也有這樣的企圖，但是如果畫面上缺乏令人產生聯想的亮點，根本無法達到效果。只能用題名強行誘導，毫無限制的作用。

〈落英繽紛〉的標題又更具文學性，儘管字數只有四個字，卻能讓人聯想到〈伊呂波歌〉的四十七個字，成為比實際上更長的標題。試著引導觀賞方向的意圖，無異於〈關於肉體的八章〉。

雖然說避免偏文學性、過長的標題比較好，只注重取題名高明與否，仍無法解決問題。既然標題與構想直接相通，更應該回溯到按快門的瞬間，反省構想本身。

標題的歷史性

也有人認為，為拍攝下來的畫面，也就是照片一目瞭然的內容取標題是愚蠢的。但如果太過執著於這一點，可能會想出讓人覺得奇怪的標題。標題是鑑賞的線索，只要能回答「這張照片究竟在拍什麼」這個初步的問題就好，不要讓觀賞者為這個簡單的問題卻步，讓標題肩負起引導大家欣賞攝影的任務。

如果是拍攝兔子的照片，只須取名為「兔子」。如果標題是「早春」「漫長春日白晝」或「向陽處」，不免顯得做作甚至有點老氣。即便作者以兔子為主體，試圖表現早春的主題，如果直接取名為「早春」，觀賞者的注意力也將轉移，尋找照片中象徵早春的事物。即使正好找到，也只能讓照片呈現圖解的效果，如果找不到也很掃興。作者想表達的主題性，應該要與觀賞者的感受一致。

以天空為背景，從低角度拍攝年輕女性的臉，標題取為「希望」也會有同樣的問題。取名為「年輕女性」或「女子」即可。「希望」這類題名只會讓作品顯得俗氣。

過去曾經流行這類觀念性、抽象的標題，現在如果觀察相機店櫥窗裡白搪瓷相框裝飾的照片，銀色長紙片寫著特選或佳作，下方還可以看到這類老氣橫秋的標題。當然這樣的照片也跟題名相襯，帶有老派的沙龍風格。

初春、雨後、朝靄、薄暮、黃昏、山村、高原秋色、落葉、秋風、閒日、靜寂……這些都是在遙遠的過去，從明治末期到大正中期，攝影模仿日本畫所取的題名。

朝陽、斜陽、落日、殘光、寂光、微光、反映、明暗、光與影……則是從大正末期到昭和初期，以福原信三「光與其階調」運動為中心，攝影受到印象派繪畫影響所取的題名，幾乎都跟光與影有關。另外還有「松江印象」「港口印象」等隨處採用「印象」的流行。當時的攝影風格仍延續至今，成為沙龍攝影的主流。

還有構成、線、階梯、煙囪、窗、曲線、甲板、船桅、信號燈、汽缸……這些則是昭和十年前後，受到建築與繪畫領域構成主義影響而出現的題名。像是「鐵的構成」「螺旋的構成」等，「構成」也氾濫一時。這類照片統稱為「新興攝影」，現在已消失蹤影。

大致回顧攝影的歷史，正如攝影具有歷史性，題名也有歷史性，而且題名常與創意直接連結在一起。光看標題，就明白這張照片的傾向。

「無題」「習作」「作品A」

「無題」也是一種題名。而且曾經流行一時。

從「無題」這類標題，首先會感受到作者做作的姿態。當然一定有人真的想不出來該如何取題名，或是覺得想標題很麻煩而放棄的人，不過「無題」往往是以傑出藝術家自居的人所取的標題。我翻閱舊攝影雜誌，看到兩、三張標示「無題」的作品，大致上是女人的笑容、貓咪伸懶腰的照片。對於這類作品，只要有小學畢業的程度，應該不至於想不出標題。首先，如果是小學生的話，畫畫也好，拍照也罷，絕不會取「無題」這種礙眼的標題。

過去當參賽者在題名欄什麼都不寫的時候，攝影雜誌有可能直接以「無題」發表，現在的話一定會詢問拍攝者，或是由編輯部取個適當的標題再發表。「無題」已經無法再當作題名。如果想讓他人愉悅地欣賞自己拍的照片，今後絕對不能再取「無題」這樣單調乏味的題名。

「習作」也是在某個時期很常見的標題。習作意味著練習的畫作，或是實驗性的嘗試，相對於正式、真正的作品。因此「習作」表現出謙遜的態度，「這只是稍微嘗試的成果，不是什麼了不起的大作」，不過相反地也可能讓人感到自己在誇耀「光是習作就已經這麼厲害了」。無論如何，這種標題只呈現出作者的姿態，並沒有提供欣賞作品的線索，就跟「無題」一樣。我看了前幾天送來的「第一屆飛驒攝影作品展目錄」，發現將「習作」特地用英語標示為ETUDE（1）、ETUDE（2），應該算是現在比較少見的鄉間摩登風格。

各種競賽或每月評選當然不用說，現在攝影界整體的競爭相當激烈，已遠超過戰前，無法再採用「習作」這類裝模作樣的標題。首先，撇開究竟是習作或正式作品，照片都應該存在著35釐米攝影術的本質。

「作品A」或「作品I」這類題名也很常見，沒有比這更礙眼的標題。照片雖然出自攝影師之手，卻是不折不扣的作品。正因為如此，採用「作品」這類標題未免過於刻意。這樣的標題乍看之下似乎是抽象、近代的，但其實跟取了「希望」或「澄心」這類老派、文學性的題名，強調藝術性的作品大同小異。

首先，作品A或作品I加上自己專屬的編號，比起單純的裝模作樣更自以為是。對於觀賞的人來說，編號究竟是I還是II根本無所謂，也不可能一一記住。古典音樂有「第九號交響曲」或「鋼琴協奏曲第三號」的標題，但是將一位作曲家一生中只能創作九到十首的樂曲跟攝影作品相提並論，態度上有違攝影的本質。尤其是以35釐米相機作為基本手段的近代攝影，竟採用如此冠冕堂皇的形式，只暴露出拍攝者本人與時代脫節。

當然，如果拒絕任何具象的標題，堅持完全以編號排序，那也不失為一種想法。如果我採用這種方法，現在「作品第六萬六千三十五號」會是我最新的作品。假設我用徠卡相機為川端康成拍攝七十張肖像照，我不會認為七十張照片中只有一枚才是真正的作品，於是35釐米負片序號就成為作品編號。

而最不可思議的是作品順序編號忽然不見。譬如雖看到作品A、B、C、D，卻從未出現X、Y、Z，即使有作品I、II、III、IV、V，卻完全沒有X、XI。我實在很想問「後面的編號究竟跑哪兒去了」……

總而言之，儘量不要取無題、習作、作品A這類不知所云、抽象的標題。也不要藉由文學性或概念的題名引導，暗示欣賞的方向。亦即捨棄只以標題強調藝術性、自我感覺良好的做作姿態。應該以自己為什麼會選擇這個主題的構想為出發點，選擇一般大眾日常說話寫字時運用的語彙，訂出簡潔、具體的標題，這就是思考與決定當代題名的方法。

寫實主義不是自然主義

—リアリズムは自然主義ではない—

寫實主義並非自然主義，這是顯而易見的事實。人們一向無法看透這個事實，目前關於寫實主義的討論還很紛亂。

關於寫實主義論點的歧異，充斥在各種面向，尤其是反寫實主義的陣營——那既保守又抗拒妥協的沙龍攝影陣容。這是理所當然的。而令人費解的是，在寫實主義的陣營中也存在著意見的分歧，在這種紛亂的議論過程，經常可見自己人互相攻擊。

為什麼會有這種混亂產生？因為寫實主義屬於實踐的課題。

大約在三年前，隨便我遇到任何一名業餘攝影師，幾乎每個人都會問我「什麼是寫實主義」這個直白的問題。當時寫實主義還是個很新穎的名詞，時至今日，大家對於寫實主義這個詞已不陌生。換句話說，寫實主義作品本身也不再令人耳目一新。甚至反寫實主義的陣營也向寫實主義一面倒，試圖模仿以前報紙的政治版發表毫無智慧的批評，如今寫實主義幾乎已成為全日本攝影的風潮。

現在，任何一名業餘攝影師都會將寫實主義掛在嘴邊，吐露自己獨到的見解。

在任何一份攝影雜誌的每月徵選中，所謂寫實主義作品幾乎壓倒性占投稿量最高的比例。即使編輯個人主觀厭惡寫實主義，卻無法漠視它，否則雜誌就無法經營下去。

即使是各地成立已久的攝影社團，如果年長的指導者偏愛保守又抗拒妥協的沙龍攝影，而且一味地反抗寫實主義，終有一天團體中最具行動力、資質佳的年輕成員將嶄露頭角。

即使在保守又抗拒妥協的沙龍攝影陣營，那些至今創造力尚未枯竭的老手，也勇於展開自我革新，開始嘗試寫實主義。

或許將一九五三年稱為寫實主義的勝利之年也不為過。至少從現象來看，確實如此。與這種盛況成正比，對於寫實主義的討論也更加趨於混亂。不，也許比討論更為紛亂的是寫實主義作品的混亂。在這些討論與混亂中，最為明顯的是寫實主義與自然主義的混淆，甚至是置換。

我試著回顧過往，對於什麼是寫實主義的提問，我從未下過定義。即使是長達兩小時以寫實主義為題的演講，或是寫過將近二十張稿紙的文章，我還是不曾對寫實主義提出解釋。只是在寫實主義這個課題的外圍打轉，迂迴地兜圈子。

因此許多積極的業餘攝影師對我有所埋怨，說我總是在逃避，而更積極主動的業餘攝影師則提出更多問題。於是我只能迴避得更遠，徹底遠離。

那些積極的業餘攝影師究竟想知道什麼呢？是想知道寫實主義的定義嗎？既然如此，根本不需要聽我解釋不完全的定義，我也絕對不會妄自加以詮釋。像這類知識，只要去書店翻閱哲學辭典或文藝辭典，立刻就能獲得答案。想知道寫實主義的定義，卻連這點工夫都懶得下，那乾脆還是別從事攝影。

不過就算翻閱辭典，瞭解寫實主義的定義，又有什麼用呢？難道立刻就能拍出優秀的寫實主義作品嗎？如果真能這樣的話，那就太美妙了。當然世上沒有這麼容易的事。

寫實主義是實踐性的課題。那些詢問我「寫實主義究竟是什麼」的業餘攝影師，其實本來就已經知道答案，只是還想從我身上再獲得些什麼，所以提出問題。也就是儘管寫實主義並不屬於文學或語言領域的問題，他們卻想依賴文學與語言找到答案。可見寫實主義作為實踐性課題有多困難。

寫實主義的困難，並不侷限於攝影的領域。像是文學、繪畫、音樂，試圖創造二十世紀新藝術的年輕一代，無論是日本、法國、義大利、美國，都在為這個課題奮鬥中。日本最新的插花藝術，現在也面臨著寫實主義這個最主要的課題。如果詢問他們之中任何一位，都會回答寫實主義難以掌握。就處境相同的人很多這點來看，業餘攝影師完全不必感到孤單。

寫實主義是實踐性課題，這也意味著必須藉由作品去探索。辭典上記載的定義，只不過是一般的抽象概念，而且由過去的歷史事實所制約。我們所面對的寫實主義，目前已成為具體的問題，而且必須透過創作才能證實。就這點而言，它更屬於未來的問題。因此為了與辭典與美術史所記載，屬於過去歷史事實的寫實主義有所區別，我們也可以稱之為近代寫實主義或二十世紀寫實主義。

有些不夠聰明的畫家，一聽到寫實主義就立刻想到以古斯塔夫．庫爾貝（Gustave Courbet）為代表的十九世紀寫實主義，但是今天我們所探討的寫實主義跟庫爾貝毫無關係。現在所談的寫實主義完全屬於當今日本攝影師的問題：亦即「究竟什麼是寫實主義」這個問題，掌握在我們自己的手中。我們唯有憑藉不屈不撓的創作力才能具體解決問題。

那位庫爾貝曾說過一句名言「因為我沒見過天使，所以畫不出來。」如果對寫實主義的認識僅止於此，只要是拍攝物位於鏡頭前的照片，幾乎都可以算是寫實主義，這樣的觀點也能夠成立。既然如此寫實主義就不再構成任何問題。我們比任何人都清楚，只要跟攝影有關，這種論調完全是一派謊言。這種想法跟我們辛苦探索的寫實主義毫無關聯，只是自然主義。

寫實主義並不是自然主義。然而現實中有人將寫實主義與自然主義混淆、置換。而且由我命名為「隨意抓拍」的攝影類型，被當成寫實主義作品到處氾濫。「隨意抓拍」屬於自然主義，類似卻不等於寫實主義。

因此反寫實主義陣營的人批評：所謂的寫實主義不就是抓拍嗎？有些頭腦更不清楚的人，竟然認定只有抓拍才是真正的寫實主義作品。

我起初提出拍攝主題與相機直接關聯的寫實主義方法論，接下來提出「絕對非刻意的絕對抓拍」。雖然有些抽象，但說已完成寫實主義的方法論也不為過。

寫實主義所追求的與「隨意抓拍」完全相反。然而即使是不成熟與誤解的作品，「隨意抓拍」仍有「隨意抓拍」的特性，在與保守又抗拒妥協的沙龍攝影對峙時，擔任了歷史性的角色。甚至只會「隨意抓拍」的業餘攝影師，應該自己也無法滿足於現狀吧。

為了從「隨意抓拍的寫實主義」更上一層樓，今後我們必須致力於重新探討主題性的問題，必須掌握所謂的典型。主題性與典型，在具體解決這兩個問題之後，日本的寫實主義才能在世界的廣場上立起自己的旗幟。我們已經從習作的時代進階到製作的時代，寫實主義必須繼續前進。

一九五三年的每月攝影作品評選已經結束，今年沒有出色的作品。對於這樣的結果，我們兩位評審應該要負一半的責任吧。我們意識到自身的責任，決定辭去一九五四年的評審。然而編輯部希望我們繼續擔任評審，表示徹底負責。我們經過重新考慮後同意請求，以示積極承擔責任，這也是因為考量到今年仍屬「習作」的一年，一九五四年必須進入製作的時代。以這層意義來說，評選將變得更為嚴苛。

我由衷期待全日本的業餘攝影師，發揮不屈不撓的精神。

人類的眼睛，相機的鏡頭

—人間の目、カメラの目—

只要按下相機快門，就能將景物拍成照片，因此，我們常說照片的記錄性很重要。然而只要按下快門就能拍出照片是理所當然的，拍照時不可能無視於所謂的記錄性，不過現在也沒有必要特別加以重視。記錄下來的事物是照片，而記錄本身不是問題，問題在於記錄下來的照片。只要從事攝影，照片的記錄性是必然的。相較於此，攝影的表現力才是最大的問題。

所以攝影具有記錄性這點沒錯，卻絕不是最重要的元素。不論什麼樣的照片，都不會把大象拍得跟實物一樣大。這不同於「記錄」字面上的意義。因此雖說攝影包含記錄性，並不會追求與實物維妙維肖。它自始至終都是透過人的主觀形成認知，進而再現的人類世界，然而絕不會違反機械的、物理的作用，可說是由人的主體性所引導再現的世界。根據攝影的科學性，只利用相機精密的記錄功能就是攝影，這樣的想法必須從根本改變。我所拍攝的室生寺照片，也並不是直接記錄它的樣貌。先是釐清在我主觀意識中室生寺這個主體，再根據我自己的意思，決定要如何表現，絕不是將室生寺原封不動地記錄下來。以廣義的意思來看是記錄，我運用室生寺這個主題拍攝成照片。攝影的確是記錄，這是理所當然的事，卻不是重要的要素。不光是記錄，而是讓自己所理解的部分成為照片。因此室生寺雖然不變，但每個人所拍攝出的室生寺都有所不同。如果以記錄的角度來看，在同樣的時間、場所拍攝的室生寺應該全部一樣。

所謂攝影的機械性，是將實物抽象化，加以決定、支配。就像並不是光排列文字就叫做文學，如何透過自己的主觀意識，將文字整合起來才是關鍵所在。攝影的情形跟繪畫相同，或是文學與音樂可說都一樣。因此究竟是盡可能運用攝影的記錄性，或是極力限制攝影的記錄性，徹底加以踐踏，我絕對選擇後者。

如果採取前者，光是手持相機拍攝本身就有問題。這樣的狀況現在已不成問題，最後這些已納入底片、鏡頭、相機機身結構這三個條件中。如果僅是記錄，過去的相機也達到記錄的目的。但現在不僅底片進步了，鏡頭跟相機的機身也有所改善，以前昏暗無法拍攝的夜色，現在也能捕捉。我們也認同這種機械性的發展，因此所謂攝影的可能性也擴展許多，幾乎可以在各種時刻拍攝。雖然仍存在著機械性的問題，卻沒有記錄性的問題。

說到機械性的問題，我們現在還沒有完全獲得滿足。感光度極高的底片已經問世，有大光圈的鏡頭，也有這時間很短的快門，過去無法拍攝的景象，現在已經能夠藉由攝影捕捉。

那是因為人對攝影表現抱持強烈欲望而促成，人們希望擴展攝影表現的可能，這樣的需求促成器材結構的發展，或者反過來說，構造的發展也推動了人們對攝影的欲求。

今日顯微鏡攝影、X光攝影的技術已經實現。我們連隱藏於內的部分都想看清楚，由於這樣的念頭，促使這種發展成為可能。機械構造的發展，前提是人們有非常強烈的欲望，就攝影表現的可能性來說，比起機械構造，其實更可說是由人的欲望主導。

只要人類使用機械，就會產生如何表現的問題，但未必會因為目前機械結構相當進步，就只依賴機械，因為人的眼睛與相機鏡頭仍有所差異。如果只重視相機鏡頭，等於重返一九三五年以德國為中心的新即物主義。

譬如拍攝秋海棠，想清楚拍攝一條條葉脈，只要將光圈調小即可，這是極其淺顯的常識。或是想拍攝石牆的局部特寫，就會清晰呈現牆面的顆粒，這也很尋常。如果無涉於人的欲求，光憑機械結構當然就能拍攝。重視這一點的思考方式，等於重返新即物主義的方向。那在當時這還是很新穎的想法，現在卻已相當尋常，所以除此之外必須再加上人類的眼睛。

光是把光圈調小讓畫面更清晰，以現在的攝影來看並不夠。將局部放大，呈現出肉眼看不到的細節，這可說是以機械結構為手段，實現肉眼觀看的目標。透過顯微鏡能觀察肉眼看不到的細菌，令人大吃一驚；或是用天文望遠鏡觀察星座也同樣令人訝異。這些剛見識到時會很訝異，但只要經歷過就會覺得不足為奇。在現在這個時代，記錄各種事物是機械發展必然的結果，光是這樣還不能稱之為攝影。正是在一九三五年，能夠正確地掌握事物，比肉眼更清晰地展現，乍聽之下這似乎就是寫實主義，但其中並沒有人的參與。無論如何還是必須根據肉眼所見，創造出以人為主體的表現。

儘管拍照很容易，但是不論如何刻意而為，根據我的經驗，一天最多只能拍攝七卷底片。雖說是一天，當然不是指二十四小時，而是一般的七、八個小時。尤其像我這種晚起的人，不可能在上午拍照。我利用午後的順光，到了傍晚天色漸漸昏暗也不怎麼在意，如果利用這段時間，大概可以拍攝七卷徠卡底片，即使拍得較多也不會超過八卷，所以就算只想隨意拍攝也沒那麼容易。如果有意識地認真拍攝，更不可能拍出大量作品。

運用過片桿與快門的相機，一秒可拍攝一張照片，所以拍三十六張照片只需要三十六秒。如果填裝替換底片需要一分鐘，從開始拍攝到替換下一卷底片共花一分三十六秒。那麼一小時可以拍攝多少卷底片？不妨試著計算，理論上可以拍攝三十七卷半。然而，就算實際上一天花七、八個小時，即使像我受過專門訓練，體力在專業攝影師當中算健壯的，連我都只能拍攝七卷左右。儘管如此，一般大眾認為攝影步調快速、簡單的想法與期待，卻不曾改變，因此人們在野餐時也會攜帶相機。

時至今日，所謂的相機已成為青年男女的裝飾品，每個人都能拍照。據說光是在日本就有四百萬名業餘愛好者。然而，他們只是把肩上掛著的相機當成非常簡單、容易使用的記錄工具，很少有人想到它是解決人類社會不幸，為人類呼喊的嶄新手段。當人們意識到它是解決人類不幸的一種媒介，才能夠說它是表達人類思想的革命性手段。我期待相機就像齊聲朗誦一樣，匯集人們的心聲。我想這才是攝影真正的角色，不是嗎？然而以現狀來說，攝影還沒有發展到這樣的境界。遺憾的是，目前還停留在簡單留下記錄，極其理所當然的初級階段。

業餘攝影師為什麼拍不好

—アマチュアはなぜ写真が下手か—

業餘攝影師與專業攝影師究竟有什麼差別？這兩者對於照片的使用目的明顯不同。專業攝影師是在使用目的相當明確的條件下工作。拍攝照片前有清楚的框架，就這點來說目標清楚。專業攝影師必須因應使用目的，為作品求新求變。

業餘攝影師則是完全憑感覺，沒有接受任何人委託，作品缺乏明確的使用目的。只是憑自己的喜好隨意拍攝。不論照片拍得好或不好，自己高興就行，因此沒有任何因素會妨礙自由奔放的表現意圖。

換作專業攝影師，只要作品有使用目的，就必須因應要求拍攝。即使自己有主觀的喜好，或覺得怎樣拍比較好，只要與使用目的不符，都與工作無關。在拍攝前是否有明確的目的，就是專業與業餘先決上的差異。

其次，專業攝影師畢竟以拍照維生，因此在按快門時有相當的自信，不僅確切知道必須拍多少張照片、編排成幾頁，也肩負必須完成的責任。這種自信多少跟持續拍攝十年、二十年的技術訓練有關，也源自「我拍得不差」「我不會拍出拙劣的照片」「我一定會拍出好作品」精神上的堅定信念。

反觀業餘攝影師，對於自己能否入選攝影雜誌的排行前十名，毫無信心。內心總有些自卑感，認為「我拍不出什麼好照片」「我的照片沒啥了不起」。其實不論業餘或專業，只要有所自覺，這兩者的差異是因為立場不同所導致。

但是對於攝影抱持的自信，這兩者有明顯差異。毫無理由地以曖昧不明的態度，認為自己拍不出好照片，這種自貶的心態在拍照時已表露無遺。專業攝影師面對按快門的時機，或決定相機的位置與拍攝角度時，絕不會猶豫。一發現拍攝目標立刻停下腳步，瞬間按下快門，對於相機的位置或拍攝角度，毫不優柔寡斷；按快門時同樣抱持莫大的自信，絕不退縮。

業餘攝影師雖然必須反省：我的照片拍不好，應該要如何改進？但是在按快門的瞬間，仍必須抱持絕對的自信。如果缺乏這種自信，照片就會變得毫無力量，只是在用相機拍攝畫面罷了。我們在評審過程中經常感受到，即使偶爾出現好的作品，業餘攝影師在拍攝時仍戒慎恐懼，彷彿怕被人說這只是偶然罷了。既然想拍優秀的作品，首先就要充滿自信。如果總是戰戰兢兢，抱持不安與模稜兩可的態度，恐怕連謙虛也算不上，只能說是缺乏信心。

要是自己對作品缺乏自信，就不應該拿出來見人。正因為有自信，即使自己的照片遭到藐視也能反擊，聽到讚美時可以處之泰然，謙虛道謝。不把他人的一顰一笑放在心上，既不虛張聲勢，也不貶低自己。

風景照

—風景写真—

有一類攝影作品經常被稱為「明信片照」，其實這種攝影類型並不存在。過去也有許多畫家描繪富士山，譬如北齋、大雅堂、鐵齋、大觀、梅原龍三郎等。

像風景這樣的主題有極優越的特質，足以凌駕藝術家。所謂日本三景或是日本百景，這些自古以來公認的風景名勝，實在美不勝收。像這樣的景點與其觀賞照片，遠不如身歷其境。這或許跟小說創作是同樣的道理。據說偉大的英雄豪傑難以寫入小說。也就是說，即使運用文學技巧，仍然難以呈現這樣的人物，而且真人真事有時比小說還精彩。

不過，即使這類風景攝影感覺像明信片，一直以來偏向沙龍風格的風景攝影卻缺乏主角。或許這是最明顯的特徵吧——感覺不到人的存在。所以不論是「展望風景」或「遠景」，都難以用照片表現宏觀遼闊的景象，只是憑廣角鏡頭還無法捕捉。只要站在觀景台，任誰都可以眺望這樣的遠景。號稱「從這裡眺望的富士山最美」的觀景台，全日本到處都有。這些觀景台是根據人眼的位置與角度決定，而且經過幾百年、幾千年，由無數人驗證。

在拍攝這類遠景時，相機的攝影角度、位置與拍攝主體的條件無關，就算把相機位置移動三十呎或六十呎，風景也不會有什麼改變。在這樣的情形下，攝影的主要三條件與攝影師無關，因此不論由誰來拍，都只會拍出類似的照片。即使特地使用濾鏡，也不會有太大差異，完全沒有達到修飾作用。

不過同樣稱為風景，我經常提及生活中的風景，某種微不足道的景象。彷彿因為拍照才注意到，目前為止似乎沒有人察覺的平凡主題。攝影師會敏銳地察覺，藉由相機的位置、角度、快門速度，拍出強烈打動人心的照片。有時會因為要不要讓一根電線杆入鏡，導致不同的結果。隨著按快門的時機，會決定有沒有人入鏡，或是在晨昏的不同拍攝時機，也會造成差異。也就是相對於遠景，近景更能清楚表現出作者的個性。

但沙龍派的攝影師不會選擇這樣的主題。他們會專注於有芒草跟雲的畫面，評論柿樹的樹蔭在其中是否恰當。我們可以將這種記錄個人生活般的風景，想成與現有的沙龍風景、名勝古蹟明信片全然相反的路線。這樣的作品以人為主體，可以充分發揮攝影師的實力，也必須非常積極主動。從找到拍攝主題開始，這類作品可說已帶有人性，也很有個性。如果像一直以來，攝影師只需面對風景，毫無作為，只是如實呈現，這樣的方式無法拍攝出富有新意的當代風景攝影。攝影師本身必須對於日本的風土、民俗、傳統心有定見，才能完成作品。以這樣的條件出發，選擇主題，決定相機的位置與拍攝角度、截然不同的按快門時機，從中可明顯看出攝影師的參與。

秉持著這樣的態度，哪怕是拍攝在風中搖曳的樹木，也能捕捉前所未見的風景，表現出截然不同的作品。即使換作拍攝富士山或隅田川，只要拍出自己喜愛的富士山，自己欣賞的隅田川，就不會拍成以往攝影師彷彿不存在的照片。攝影作品中的富士山並不只是富士山，在戰前甚至有「靈峰富士」的思想，富士山也成為信仰的對象。雖然這兩者稍有不同，鏡頭前拍攝物的美感，也會因個人想法的差異，掌握到不同的按快門時機，進而拍攝出「有攝影師參與」的富士山風景。若是只如實反映自然，攝影師等於什麼都沒說。北齋的富士、鐵齋的富士、大雅堂的富士、梅原龍三郎的富士，儘管富士山不變，依每個人的特性所表現的富士山，本身就像是一種繪畫表現，其中加上個人的詮釋。

攝影作品如果不包含以自己為主體、人類特有的攝影衝動與情感，就算拍攝風景，看起來也只像明信片。從觀察我們民俗、風土的角度來看，還必須清楚地加上自己的解釋。

因此在拍攝風景的山川河流時，攝影師的觀點很重要。我們並不是在從事天空與雲朵，或是山跟海的科學攝影，而攝影機背後有人在凝視景物；我們並不只是在拍攝雲朵的模樣，還要表現出有人一直在觀看著雲朵的目光。以往的沙龍風格風景攝影，絕對無法與實境匹敵，只是在詠嘆、接近風景而已。其實同樣的道理也適用於各種主題，缺乏攝影師觀點的照片很乏味。如同以往沙龍式的風景照，只是取景拍攝下來，已經不符合現在的潮流了。

按快門捕捉的風景

—手でつかめる風景—

被遺忘的風景

綜觀整體攝影界，據說由於抓拍盛行，風景攝影已經衰退。不過無論是業餘愛好者，或是自己沒有相機的一般大眾，還是很喜愛風景照。

大約在二十年前，我在新婚旅行時拍了三百多張照片，那些照片幾乎都是風景攝影。記得我認識的醫生及某位高層主管，看了我的相簿後都說希望能將照片放大，裱框後拿來裝飾客廳。那張照片拍的是陽光照耀的海岸，激烈的浪濤拍打著巍峨的岩壁，背景是以產珍珠聞名的日南海岸，雖然這一景我只拍了一、兩張照片，不過當地風景絕美。

經過仔細思考，我察覺到這未必是因為我拍得好，而是他們受到景色本身的魅力所吸引。身為攝影師，面對這樣的事實當然不會高興。不過既然是對我有恩的人提出的要求，當然還是將照片放大送給對方。從那時候起已經過了二十年，那幅風景攝影還掛在那位醫師家的客廳。也就是說風景照跟美人照一樣，跟拍攝得好壞無關，往往因為主題本身很美，所以受到一般大眾喜愛。

那麼一般業餘攝影師，都是在什麼情境下拍攝風景？像是前往日光參觀華嚴瀑布、乘舟遊中禪寺湖，還有站在山頂上遠眺遼闊的景色時，覺得身心舒暢獲得解放，吶喊「多麼美的景色！」不自覺地拿起相機對著風景。而實際上他們在拍照時，幾乎都會為鏡頭加上黃色濾鏡。

有些照片的光線略帶文學性，跟一般所見景象不同，譬如早晨的斜光、夕陽輝映的霞光，這類照片稱為藝術照片，在過去盤據風景攝影的寶座。如果這些照片的光線，也就是太陽的位置很尋常，其實也只是很平凡的風景。無論是普通的業餘攝影師，或是專門拍攝風景照片的攝影師，一言以蔽之，他們都以全景為主題拍攝。這樣離我們近代人的生活感情相當遙遠，也無聊得令人厭煩，以攝影界整體來說，風景攝影彷彿已被遺忘在遙遠的地方了。

自然與相機的侷限

看到美麗的景色就想拍下來，我無意否定業餘攝影師這種純粹的念頭。然而不只是風景攝影，在思考如何反映我們近代人生活環境的藝術作品時，像過去那種全景式的、陳舊的、了無新意的風景攝影，恐怕已經行不通了。

為什麼會這樣說？我的考量是這樣的：首先現實中的風景無遠弗屆，相對於遼闊的空間感，普通相機的鏡頭角度仍太過狹窄。即便是廣角鏡頭，頂多也只有35mm，所謂攝影上的空間，也不過像拉車的馬匹被蒙上雙眼這種程度。譬如我們從山腳下一步步往上走，汗水淋漓終於走到山頂。經歷時間與精神上的變化，站在山頂上眺望四面八方，移動視線。相較於人眼可以因應空間隨心所欲地控制，相機常常固定於一點，其實相當狹隘不自由。因此當你覺得眼前的景色很美，按下快門，拍出來的照片卻完全辜負各位的期待，只捕捉了其中狹窄的一部分。與美麗晴朗藍天相呼應的黃褐色山脈地表，從畫面上完全不見蹤影，只令你感到沮喪。

角度狹窄、色彩單調、無法捕捉雲的流動與草葉搖曳，即使拍攝華嚴瀑布，也無法反映出水勢的轟然巨響。換句話說，我們必須先體認到攝影就是這樣的媒介，再進而思考如何呈現令我們感動的風景之美。

我最近的攝影法

我們必須考量到上述有關攝影的負面條件，再思考今後風景攝影的新形態。以我為例，首先我不想再拍攝遙遠、寬廣的風景。

最近我去了國家指定的「天然紀念物」鳥取沙丘，以35mm的相機搭配28mm的鏡頭完全沒問題。也就是說，沙丘的魅力在於眼前只有一望無際的沙，因此我放棄沙丘的全景拍攝，只對準腳下站立的地方。包括我穿過遺留在沙丘，被沙掩蓋的木屐，還有沙丘特有的植物。當然這可能也是我乖張的本性所致。

如果觀察美國著名的風景攝影家愛德華．韋斯頓（Edward Weston）的作品，他也曾在加利福尼亞沙漠中取景，卻放棄表現沙漠的雄偉壯觀，也就是他只藉由部分暗示整體，捨棄全景。

而我在拍攝鳥取沙丘時，連以部分暗示整體都放棄了。因為韋斯頓在加利福尼亞沙漠拍攝的態度，以我來看還不夠徹底。

兩三天前下了一場大雨。我準備以雨為題材拍攝照片，從二樓的窗戶探出頭，隱約可看到籠罩在泛白雨霧中的銀座、丸之內林立的高樓。我覺得這樣拍無法達到預期的效果，因此跑到自家屋簷下，朝路上的降雨，隔著三英尺的最短近攝距離，將鏡頭對準雨景，拍出自己可能更滿意的照片。

相較於主觀認為風景攝影就是拍攝一望無際、寬廣無垠的景觀，我想以近在眼前的景物為對象，創造風景。藉由這樣的方法，或許可以掌握某種創新過往風景攝影的契機。以下我將稍微具體地敘述，自己對於風景攝影的態度與方法。

五一勞動節的傘

今年五月一日東京難得下大雨。神宮外苑的會場遍布著溼答答的傘，我去為勞動節活動拍攝記錄照。身為專業攝影師，想拍攝布滿雨傘的勞動節會場全景，當然不是不可行。然而就算會場遍布著雨傘，每一家報社的攝影師都會拍攝勞動節會場的全景照。我不想拍大家都在拍的景象，所以我只拍了被扔在會場泥濘的地面，一把壞掉的雨傘。那畢竟只是一把被拋棄的傘，或許根本不能算是勞動節的照片吧，但是對我來說根本不成問題。至少對我而言，在雨中的勞動節會場，濕漉漉的地面上擱著一把壞掉的傘，充滿強烈的視覺衝擊，對我而言那就是一九五五年勞動節的記錄照。

然而此時必須思考的是，為了讓攝影成為打動人心的藝術作品，最後越能在畫面中包含（暗示）從畫面省略的空間、色彩、時間等要素，越是成功的作品。有意識地追求這個目標，對於新形態的風景攝影也是重要的課題。換言之，如果缺乏這種隱喻（暗示），所謂攝影也只是由白、黑、灰構成的圖樣罷了。

生活詩的風景

過往的典型風景攝影有個致命的缺點，儘管照片缺乏色彩，卻自以為有拍出顏色，最主要的原因在於對課題的無意識與無自覺。想呈現色彩之美，立刻就想到運用彩色底片，這樣的態度無法為風景攝影提供新的解決之道。譬如在不含色彩的黑白無色彩（單色）照片中追求色彩，在這種矛盾的探索中，包含近代攝影全面探討的課題。這與使用全色片與濾鏡讓主題的色彩達到平衡，亦即全色性的問題截然不同。也就是透過白色與黑色、灰色的微妙變化，展現色彩的真實感。如果不能以白黑灰表現燃燒中的火焰色澤與熱度，這樣的攝影作品算不上藝術，恐怕只能說是「機械的產物」吧。

因為愛德華．韋斯頓不打算捕捉大沙漠全景，因此試圖以拍攝局部表現整體。我只拍攝腳下，韋斯頓則選擇折衷。我說他不夠徹底就是這個原因。舉個極端的譬喻，那就是無法拍攝整座山脈，就只拍山腰，藉此暗示山腳與山頂，採用這種折衷的攝影角度與相機角度。我討厭這種不溫不火的做法。

石川啄木的和歌中有一首：

無生命的沙也有悲哀
細碎流利地
從緊握的指縫間滑落

因此我自創了「以手觸摸的風景」「用手掌握的風景」這樣的說法。

所謂風景，總讓我們覺得非常遙遠，富有異國情調與觀光色彩。我想以更生活化、更貼近的角度觀看風景，或許可以稱為「生活中的詩意風景」。

面對「自然」這一廣袤無垠的主題，藉由這樣的角度與方向切入，或許可以透過新的風景觀、自然觀，為攝影注入新意——這是我目前的主張。

許多人都對我所拍攝的《室生寺》表示讚賞。現在即使這樣的作品獲得讚美，我也不覺得高興。那已顯得陳舊，現在的我遠遠超越了《室生寺》，而且現在的我，勢必將會再度面臨革新。

紅色痰盂的故事——我的創作精神

—赤いタンツボの話—

當列車抵達神奈川站時，已經是深夜了。有兩、三名乘客下車，走在空曠的月台。我尾隨著人們踏上天橋的階梯，無意間看見角落有只紅痰盂。受到天橋赤裸燈泡的黯淡照明，使得浮著鐵道省「工」字標誌的圓痰盂紅漆有些異於平常。擦得發亮的圓口銅邊也變得很美。以「平常」形容痰盂或許有些微妙，不過那是每處車站都設置的紅痰盂，符合鐵道省的統一規格。那天夜裡看起來彷彿像第一次見到般，富有新奇的美感，於是我凝視著它，彷彿重新回想已經解開的幾何證明題，想在此闡明當時恍然大悟的道理。

——這只紅痰盂每天擺在這裡，有很多人朝它吐痰、吐口水，投擲菸蒂等雜物。但即使掛著痰，它依然在這裡。

——將來因為某些原因，這只紅痰盂或許會由車站站員運回倉庫（事實上在數十年後，它被當成廢五金回收了，換成現在略顯寒酸的陶製痰壺），於是這只紅痰盂擺在倉庫中，滿是塵埃。

——或許因為某種事故，將導致這座陸橋崩塌（事實上在二十年後，這座陸橋在如火雨般降臨的燒夷彈中分崩離析，現在已不見蹤影）。這麼一來，這只紅痰盂將滾落到軌道上，於是圓形的壺身摔到變形，圓口銅邊也會沾滿泥土吧。但即使變形又渾身是泥，它依然躺在軌道上。

——痰盂就是痰盂。不管變成什麼形狀、移到什麼樣的地方，它就是一只紅痰盂，這個事實絕不會改變。最確切的證據，就是這只外觀紅色、壺口發亮的痰盂本身。

我如此自問自答。

從看到紅痰盂愣了一下，接下來想通後非常感動，覺得欣喜不已。我按捺住幾乎想要大喊「想到了」的狂喜，站在原地慢慢地自問自答。彷彿對於有把握獲得的事物，刻意放慢出手，就像襲擊老鼠的貓咪，明知眼前的老鼠嚇得要命只想逃，卻完全不顧牠的感受舔嘴唇，我早就有這種類似虐待狂的癖好。列車進站，有人上樓梯了，於是我佯裝剛下車似地走出驗票口。那是我去上野看畫展的歸途，時值大正十五年秋，那年我讀中學三年級。

當時我最喜歡繪畫。嘗試畫油畫，沉迷於塞尚。我開始思索塞尚所謂的「真實化」（realization），每天從早到晚只想著這件事。畢竟還在少年的狀態，身心都沒什麼負擔，每天只做自己感興趣的事。一早要是覺得不想上學，走到校門前就往右轉，直接跑去寫生。因為曠課太多，差點留級不能畢業。我一直持續追尋塞尚所謂的「真實化」，這時開始感到疑惑，那作為實體的存在究竟是什麼？當我百思不解甚至感到疲累時，每週日都會去鶴見的總持寺坐禪。就是在某個星期天，我注意到紅痰盂。

之後過了整整十年，又到了秋日，我已成為名取洋之助的門徒，使用徠卡相機DⅢ。從中學畢業後我就不再繪畫。父親過世了，我得到一件褪成羊羹色的黑紫披風外套作為紀念。這時生活很拮据，我去芝浦職安登記後，經歷一年多的勞動，也曾領過一円三十錢的日薪，相當於現在的日領臨時工。我經歷過各種生活，再加上少年時喜歡畫畫，就出於這麼簡單的理由，十年後我步上攝影之路。二十五歲時我第一次使用的相機是跟別人借的，之前連想都沒想過。所以我完全沒經歷過業餘攝影師的階段，一天都沒有，就這樣一路走過了十八年。

這麼說來，我的創作精神究竟是什麼？究竟有沒有這樣的理念存在？經過長期思考後，我覺得自己並沒有這類意圖，我只是在過去十八年間拍了許多蹩腳的照片。儘管如此，許多攝影評論家之類的重要人物為我想了許多，幫我貼上標籤。如果回顧過往，追溯所謂創作精神之類的原點，我想或許就是大正十五年秋夜裡的紅痰盂吧；也就是紅痰盂帶給我的領悟。不過那究竟算不算創作精神，我也不甚明瞭。

後記
—あとがき—

關於原稿的出處，依照目錄順序排列如下，希望能為各位提供參考：

我的名字——未發表
簡歷——未發表
不愉快的攝影插曲——未發表
拍攝示威遊行與古寺巡禮——刊於《朝日新聞》（一九六八年三月十一日）
現狀——刊於《攝影藝術》（一九五七年七月）
睡夢中的臉——摘自《風貌》（一九五三年）
裝飾棺木的照片——摘自《風貌》（一九五三年）
所謂事實——刊於《攝影藝術》（一九五七年三月）
自畫像——刊於《攝影藝術》（一九五七年五月）

自述——未發表
生與死——未發表
明成園——未發表
不畏低潮——刊於《攝影藝術》（一九五八年十月）
必須拍攝大量照片——刊於《攝影藝術》（一九五六年一月）
寫給有志成為攝影師的青年——未發表
肖像攝影雜談——未發表
激怒梅原龍三郎的故事——摘自《風貌》（一九五三年）
女性的照片——摘自《風貌》（一九五三年）
額頭的皺紋——摘自《風貌》（一九五三年）
路易·如維的眼珠——摘自《風貌》（一九五三年）
久保田萬太郎的鼻子——摘自《風貌》（一九五三年）
雅子夫人的顴骨——摘自《風貌》（一九五三年）
近藤勇的照片——未發表
所謂寫實主義——未發表
關於肖像攝影——摘自《風貌》（一九五三年）

系列照片與整組照片——未發表
如何為攝影作品取標題——未發表
寫實主義不是自然主義——刊於《相機每日》（一九五三年十二月）
人類的眼睛，相機的鏡頭——未發表
業餘攝影師為什麼拍不好——未發表
風景照——未發表
按快門捕捉的風景——刊於《相機每日》（一九五五年十月）
紅色痰盂的故事——我的創作精神——刊於《朝日相機》（一九五三年八月）

因為是舊作，如果其中包含一、兩處錯誤也情非得已，請各位諒察。

另外也要感謝我的門生石井彰竭力協助，以及築地書館的社長土井庄一郎先生對我非常照顧。在此一併致謝。

〈解說〉

自始至終秉持專業精神的攝影師

星野博美

關於土門拳這位攝影家，我其實並不瞭解。

以前大概只聽過名字，知道他與木村伊兵衛齊名，而且「名字都成為攝影獎名稱」，「好像是拍攝佛像與寺廟的攝影家吧」，只約略知道這樣的程度。在日本攝影界視為最高榮譽（應該是）的獎項名稱，正是土門拳與木村伊兵衛。對於這兩位巨匠，除了批判以外隱約還有一種氣氛——要是被這兩人挑毛病，恐怕就沒有得獎的希望——我並不喜歡攝影界瀰漫的這種感覺。不論是好是壞，他們兩位都是攝影界相當重要的人物。

我想自己知道土門拳這位攝影師的時機並不恰當。我與攝影界開始產生關聯，正好是在昭和結束即將邁入平成的一九八九年春，當時我二十三歲。土門拳正好在翌年的一九九〇年結束他八十歲的生命。也就是在我記憶中的土門拳，至少有二十幾年的時光是處於同時代的

「在世攝影師」，不過他晚年時給人的印象比較像「持續拍攝佛像與寺廟的攝影家」。

在我年少歲月中，說長不長說短不短的這二十幾年間，日本反覆經歷激烈的變化。從戰後的混亂與日本從貧困逐漸轉為富裕，過程暴露出各種各樣的社會矛盾，與安保鬥爭及對美軍基地頻繁示威的四〇到六〇年代相比，或許是個相對無趣的年代吧。但無論所處的時代背景精彩與否，真正的攝影家會比其他人更早察覺社會變遷與人們的心境變化，並記錄在底片上，這就是攝影家的職責。亦即以現在的時間點，能夠無意識地看出人們尚未察覺的未來（不過這完全是我的理想）。

以社會派紀實主義確立攝影家地位的土門，晚年轉拍攝佛像。這樣的事實反映出他在「逃避」年輕時的自己。

我透過這本《生與死》，首次直接面對土門拳這位攝影家，並且注意到他內心的動搖。

這是本不可思議的書。讀者看到這本書的書名，可能會猜想這是本回憶類的著作吧：當死亡在現實中逐漸迫近，土門拳回顧自己的過往，加以反省之類。以體裁上來看確實如此，但性質上卻不是這麼回事。

那正是促使他們表現自我的動力，各位！現在不妨稍微參考我年輕時的意見。少年人擁有年輕特有的優點，而且這種特質幾乎普遍存在。首先可以試著聆聽土門拳年輕時的意見。

這是多麼閃耀光彩的一段文字。看似為了啟發年輕人，但他實際上訴說、鼓舞的對象，卻有可能是自己。不論翻到哪一頁，彷彿都在吶喊著「我想活下去！」「我絕不會就此結束！」其實他想說的話很多，探討的主旨又極度混亂。

> 攝影的出發點自始至終都出於善意，所以攝影師是世界上最良善的人——這是我的信念。我絕對不會為了傷害或陷害他人，心懷不軌地拍攝照片，這樣的信念二十年來不曾改變。

才心想著是這樣嗎？又讀到這一段：

> 攝影師不會檢視自己的內在。攝影師的視線往往投向周遭廣闊的世界。與其說他們對相機的使用徹底內化，不如說這群人原本就不擅長內省、反省以及自我批判。如果真的要形容，或許就像有錢人家任性的獨生子，總之就是討厭的傢伙。像我常對自己的缺點視而不見，對於他人的問題卻看得很仔細，到了吹毛求疵的地步，還經常講些對他人極其失禮的壞

話。

在他的文章裡彷彿通奏低音般，持續伴隨著「情結」與「二律背反」。其中最具象徵性的，應該是拍攝西畫家梅原龍三郎時激怒對方的一幕。土門拳自己似乎很喜歡這段插曲，在不同場合一再回憶這段年輕時的往事，甚至將之傳奇化。

梅園先生其實討厭拍照。根據我個人壞心眼的揣測，與其說討厭拍照，不如說他對攝影感到輕蔑。

在拍攝這位京都友禪染中盤商之子、個性傲慢的畫家時，土門拳故意以挑釁的態度激怒他，迫使他最後怒砸藤椅。

老實說，我當時心裡怒吼著「哼，看你自己什麼模樣」。

在戰前，攝影跟其他藝術活動一樣，是有錢人才玩得起的「消遣」。出身貧困的土門，為力爭上游付出超乎常人的努力，相機對他而言是開創自身道路唯一的武器，不僅是藝術表現的形式，更是保護自己的盔甲。只有在穿戴上盔甲時，可以跟那些冷淡高傲的名流處於對等的關係，釋放累積在內心深處的不平。除了梅原龍三郎的插曲是其中的特例，他在拍攝山口淑子（舊名李香蘭）與高峰秀子時（梅原對她自是相當喜愛），忍不住也展現了小小的復仇。

正因為如此，在名流中似乎有不少人厭惡土門，因此他跟處世得體、公認會把女性拍得很漂亮的木村伊兵衛形成對比。我個人認為，同時具有善惡雙重特質且想法有極大轉變，如同怪物般的土門，更富有人性魅力。

因此，我進一步思索：

為什麼他在晚年會愛上佛像與古董，進入所謂「發現日本之美」的「另一個世界」？

為了解開謎底，我想不妨先瞭解土門在戰後的經歷。

土門在日本戰敗後，捕捉人們在重建過程中的樣貌，以站在弱者同一邊的「社會寫實主義」攝影，確立新聞攝影師的地位。綜觀他的作品，的確從四〇年代後半到五〇年代流露出旺盛的企圖心。

但自從一九五〇年土門擔任攝影雜誌的評選，鼓舞激勵業餘攝影者後（本書也收錄了他對於業餘攝影者非比尋常、關愛備至的激勵文章），攝影雜誌充斥著仿效他風格的紀實主義照片，甚至被譏為是「乞丐攝影」的氾濫。

乍看之下，土門似乎憑著意志與氣魄撐過批評的聲浪，但可以感受出他實際上經歷過低潮。本書除了未發表的文章與寫於一九六八年的一篇文章，其餘都完成於五〇年代，而且其中超過半數寫於五〇年代前半。本書收錄的一篇〈不畏低潮〉其實正符合這樣的情境。

叛逆成性的土門拳，即使感到無力時也不會吐露「我不行了」這樣的心聲。當文章的內容傾向於鼓舞、激勵時，他所訴說的對象很可能是自己。

後來終於擺脫低潮的土門，一九五七年前往廣島拍攝同名攝影集，一九五九年完成譽為紀實攝影傑作的《筑豐的孩子們》，積極展開計畫。但就在此時，他從筑豐剛回到東京即因過勞引發腦出血，導致右半身癱瘓。

在我們這些後生晚輩眼中，土門拳是社會寫實主義的代表人物，但實際上他從事紀實主義攝影的時期，卻出乎意料地短暫。

明瞭事實後再重讀這本書，將扭轉他原先「巨匠」的印象。

在羽田拍攝全學連示威分子與機動隊的衝突現場時，土門拳是由助手從左右兩側攙扶著，逃離現場。

自從我右半身不遂以來已經有八年了，從沒有一刻像當時那麼令我心有不甘。

自己素有社會觀察派攝影師之稱，後來卻全心投入古寺巡禮的拍攝，正是這個原因，專注於繩文土器與古墳的素陶器、日本古窯的拍攝工作，也出於同樣的緣由。也就是說，我必須使用三腳架代替手持相機、以快門線取代用手指按快門，因此不得不走上這條路。而且如果是拍攝佛像或建築物、土器之類，就不必從現場落荒而逃。

他從一開始就在內心發下重誓要成為「專業攝影師」。在照相館當學徒時寄人籬下打雜，看似將這樣度過餘生，卻瞞著所有人偷偷下苦工，甚至背離師門，全心投入新聞攝影的世界。明明是這樣的人，後來卻連靠自己拿穩相機、站在現場都變得艱困無比。

對他而言，生存也就是攝影。一旦脫下名為相機的盔甲，土門拳也將不復存在。放棄攝影就等於死了一樣。若是把拍照的動機改成「為了自己」或「復健」，根本不符合他的標準，因為他是專業攝影師。不論拍攝對象是什麼，對他而言「放棄攝影」的選項絕對不存在。

最後我找到答案：身為一名日本人，我想自己去發現日本、瞭解日本，並且將我的發現與理解呈現給各位。如果有人批評：那你的作品怎麼拍得這麼乏味，我沒有辯解的餘地，只能說我志在於此。

當然，如果我的腿沒出問題的話，我應該不會有閒功夫談這些。此時我撫摸著無法行動自如的腿，或許可說正陷入自相矛盾的思索，並為此苦惱著。

土門拳於一九六八年再度中風，從此不得不仰賴輪椅度日。儘管如此他的「拍攝欲」卻絲毫未減，而且正從這個時期開始，他的名聲扶搖直上，並獲頒多種獎項。這本散文集於一九七四年初版，到了一九七九年，他因為第三度腦出血而癱瘓，在接下來的十一年間處於意識昏迷的狀態，直到一九九〇年辭世為止。每日新聞社創辦土門拳攝影賞，以及設立在他故鄉山形縣酒田市的土門拳紀念館開幕，都是在他陷入昏迷之後的事。

土門拳並沒有「逃避」。

當他無法隨心所欲行動時，時間從眼前「溜走」，他以快門線代替無法運用自如的右手，努力試圖掌握時間，彷彿想留住一粒粒持續從掌心流逝的沙。對於經歷超過千年的光陰，仍然持續屹立「不為所動」的佛像，他可能感到忌妒。

土門自始至終都秉持專業的自覺，這種精神恐怕一直持續到他生命結束時。

當我明瞭這些，對於土門拳這個人感覺更親近。

如今連巷子裡也隨處可見手持相機的人，即使只是在自家附近散步，也經常看到有人頸上掛著數位相機。隨著科技日新月異，製作自己的個人攝影集，或是在藝廊發表作品已變得很容易。現在攝影似乎已成為一種不需要花很多錢、可以立即看到成果、涵蓋範圍很廣的表現手段。

攝影變成更普及的一種表現方式，未嘗不是件好事。而另一方面，這些人也很在乎鏡頭所面對的目標。不論視線朝向風景或他人，由於「自我表現」的意識過強，不論看什麼彷彿都在凝視自己，展現內向的觀點。看來似乎在蒐集自己喜歡的事物，表達「我喜歡這類事物，請看看這樣的我」。

一旦成為專業攝影師，反而無法拍攝自己想拍的照片。每天忙於拍攝自己不感興趣的主題，就是所謂專業人士的寫照。（中略）只要存在著些許藝術創作的念頭，內在意識與實際工作之間的差異及矛盾，將迫使自己終年陷入苦悶。

依照土門的看法，為了「自我表現」而拍攝帶有個人風格的照片，這些人某種意義上來說，或許是正確的。不論抱持什麼樣的主張或理念，攝影師的工作就是拍攝照片並提供交易，藉以維持生活。而新聞攝影「不向拍攝對象收取分文」「如果偏離報導的委託就不成立」，就這點來看，他從來不曾辜負所託。這份率直更令人感到無比暢快。

土門拳是位始終如一的專業攝影師。最後藉由他才有資格說的話，為這篇文章畫下句點。包括我在內，這是他向所有攝影者提出的警告：

攝影師的眼睛，總是透過相機朝向他人。因此不知不覺常以犀利的眼光觀察他者。但就像攝影師不會拿相機對著自己，看待自己總是過於寬容。這是攝影者悲哀的宿命，也是可怕的陷阱。

感到陷阱近在眼前，持續迷惘、痛苦直到最後，這就是土門拳。

距離與他初次見面已經過了很長一段時間，我很慶幸能夠藉由這本書，真正認識這個人。

解說者簡介

星野博美

一九六六年生於東京都，紀實類作家、攝影師。二〇〇一年以《滾動的香港不生苔》榮獲第三十二屆大宅壯一紀實文學賞。二〇一一年以《蒟蒻店漂流記》獲得第六十三屆讀賣文學獎（隨筆與紀行類）、第二屆IKERUHON大賞。著有《謝謝！中國人》《澡堂的女神》《香鬆與煙囪》《迷路的自由》《愚者，前進中國》《去島嶼取得執照》《在戶越銀座被逮捕》《所有人都看見彗星》，攝影集《華南體感》《香港之花》等。

日文系063

生與死

作者｜土門拳
譯者｜嚴可婷

出版者｜大田出版有限公司
台北市一〇四四五中山北路二段二十六巷二號二樓
E-mail｜titan@morningstar.com.tw　http://www.titan3.com.tw
編輯部專線｜（02）2562-1383　傳真：（02）2581-8761
總編輯｜莊培園
副總編輯｜蔡鳳儀
行銷企劃｜張筠和
行政編輯｜鄭鈺澐
校對｜嚴可婷／黃薇霓
內頁美術｜陳柔含

初刷｜二〇二四年五月一日　定價：四五〇元

網路書店｜http://www.morningstar.com.tw（晨星網路書店）
TEL：（04）23595819　FAX：（04）23595493
購書Email｜service@morningstar.com.tw
郵政劃撥｜15060393（知己圖書股份有限公司）
印刷｜上好印刷股份有限公司
國際書碼｜978-986-179-865-3　CIP：861.67/113001671

填回函雙重禮
①立即送購書優惠券
②抽獎小禮物

國家圖書館出版品預行編目資料

生與死／土門拳著；嚴可婷譯．——初版——
台北市：大田，2024.5
面；公分．—（日文系；063）

ISBN 978-986-179-865-3（平裝）

861.67　　113001671

SHINU KOTO TO IKIRU KOTO
BY Ken Domon
Copyright © Ken Domon Museum of Photography, 2019
Original Japanese edition published by Misuzu Shobo Ltd.
All rights reserved.
Chinese (in Complex character only) translation copyright © 2024 by Titan Publishing Co., Ltd.
Chinese (in Complex character only) translation rights arranged with Misuzu Shobo Ltd. through Bardon-Chinese Media Agency, Taipei.

版權所有　翻印必究
如有破損或裝訂錯誤，請寄回本公司更換
法律顧問：陳思成